KB077529

MLB
메이저리그

# MLB-메이저리그 3

말리브해적 장편소설

초판 1쇄 찍은 날 § 2015년 11월 18일
초판 1쇄 펴낸 날 § 2015년 11월 25일

지은이 § 말리브해적
펴낸이 § 서경석

편집책임 § 한준만
디자인 § 신현아

펴낸곳 § 도서출판 청어람
등록번호 § 제387-1999-000006호
등록일자 § 1999. 5. 31
어람번호 § 제1-2291호

주소 § 경기도 부천시 원미구 부일로 483번길 40 서경B/D 3F (우) 14640
전화 § 032-656-4452    팩스 § 032-656-4453
http://www.chungeoram.com
E-mail § chungeorambook@daum.net

ⓒ 말리브해적, 2015

ISBN 979-11-04-90521-6 04810
ISBN 979-11-04-90474-5 (세트)

※ 파본은 구입하신 서점에서 교환하여 드립니다.
※ 저자와 협의하여 인지를 붙이지 않습니다.
※ 이 책은 도서출판 청어람과 저작자의 계약에 의해 출판된 것이므로,
   무단 전재 및 유포·공유를 금합니다.

FUSION FANTASTIC STORY
3
말리브해적 장편소설
KANG
82
MLB
메이저리그
도서출판 청어람

# Contents

# 1. 퍼펙트게임 II

MLB
메이저리그

    삼열은 2회에 마운드에 올라 공을 던졌다. 그는 자신이 던
질 수 있는 구질을 점검하며 가장 좋은 공을 던졌다. 수화에
게 멋지게 보이고 싶어 삼진으로 타자를 잡고 싶었지만 애써
마음을 다잡고 참았다.

    4번 타자 최영호는 지난 경기에서도 홈런을 터뜨린 거포다.
게다가 삼진도 잘 안 당하는 선수로 비교적 정확한 선구안을
지녔다.

    '저 선수는 아웃코스를 잘 못 치지.'

    삼열은 상대 4번 타자의 약점이 바깥쪽 공이라는 것을 기

억해 냈다.

'그렇다면 안쪽에 하나 찔러주고.'

삼열은 투심 패스트볼을 꽉 찬 안쪽으로 던졌다. 최영호는 반사적으로 배트를 휘둘렀다.

딱.

빗맞은 타구가 힘없이 흘러갔다. 삼열은 자신의 앞으로 굴러오는 공을 여유롭게 잡아 1루에 던졌다.

"아웃!"

1루심이 주먹을 쥐고 아웃을 선언했다. 삼열은 최영호의 타구를 보며 고개를 갸웃거렸다.

'저 자식은 뭐야? 그냥 유인구로 던진 것을 치다니.'

아마도 포심 패스트볼인 줄 알고 친 것이 회전이 먹히면서 땅볼이 되어버린 것 같았다.

강속구를 가진 투수가 유리한 것이 이런 경우다. 강속구를 의식하다 보니 상대 투수의 구질을 읽을 시간이 없다. 이게 뭐지 하는 순간 공은 미트에 꽂혀 버리니까.

5번 타자는 삼구 삼진을 시켰다. 삼열은 투심과 포심 패스트볼을 적절히 섞어서 던졌다.

삼열은 오늘따라 공이 자로 잰 듯 원하는 곳에 들어가 꽂히는 것이 느껴졌다.

그의 큰 키에서 내리꽂는 직구는 아주 위협적이었다. 게다가 공을 끝까지 숨겨서 던지는 투구를 하니 상대 타자들은 공이 날아오는 정확한 타이밍을 제대로 잡기 힘들었다.

삼열은 마운드에 서서 회심의 미소를 지었다. 그동안 열심히 기초를 닦다 보니 그 나름의 노하우가 생긴 것이다. 공을 던지는 미묘한 타이밍도 이전보다 정확해졌다.

그리고 2년 가까이 꾸준히 손목 운동과 손가락의 악력을 높이는 훈련을 해온 것이 공속을 높이는 데 주효했다. 산에서 죽어라 뛰고 학교로 돌아온 후에도 그런 생활을 유지했으니 삼열의 스태미나는 가공함 그 자체였다.

6번 타자가 4구 만에 삼진을 당하므로 공수 교대가 되었다. 경남고가 막강한 화력을 가진 팀인 것은 확실하지만 그렇다고 150㎞/h가 넘는 공을 공략하기에는 무리였다.

게다가 오늘은 삼열의 제구가 송곳처럼 들어가 원하는 곳에 꽂혔으니 상대 타자들은 칠 엄두를 내지 못했다.

삼열은 더그아웃에서 쉬면서 상대 투수가 던지는 모습을 지켜보았다.

'힘들겠는데.'

대광고 타자들이 타격 타이밍을 못 맞추고 있었다.

"끙."

삼열이 앓는 소리를 내며 천천히 의자에서 일어났다.

"형, 왜요?"

"상대 투수가 너무 잘 던져서 공략이 쉽지 않을 것 같아서."

"그러게요. 제법 잘 던지네요."

삼열은 치호의 말에 피식 웃었다. 제법 잘 던지는 정도가 아니라 대단히 잘 던지고 있다. 1회에 내준 점수가 실수라는 것을 증명이라도 하는 듯 공들이 마치 살아 있는 것처럼 꿈틀거리며 날아왔다.

"뭐, 내가 점수를 안 주면 되지."

삼열은 2회까지 고작 열네 개의 공을 던졌을 뿐이다. 상대 타자들이 삼구 삼진을 안 당하려고 초구에 배트를 휘두른 덕분이었다.

애초부터 삼열은 삼진을 잡겠다는 생각을 아예 하지 않았다. 사이 영과 같은 위대한 투수도 삼진을 포기하고 효율성을 선택하는데 자신 같은 초보자는 더 말할 나위도 없었다.

'괜히 폼 잡다가 골로 갈 수 있지.'

삼열은 7번 타자를 맞이하여 포심 패스트볼을 던졌다. 7번 타자는 공이 가운데로 들어왔지만 제대로 반응도 하지 못했다.

"휴, 오늘은 굉장히 공이 잘 들어가는데."

삼열은 마치 마술사가 된 듯 자유자재로 공을 뿌렸다. 그가 공을 던지면 마치 자석에 이끌린 것처럼 날아가 미트에 달라붙었다.

포심과 투심 패스트볼 두 가지 구종으로 투아웃을 잡자 삼열은 이제부터 타순이 두 번째라는 것을 감안하여 커브를 섞기 시작했다.

직구에 타이밍을 잡고 나온 타자는 날카롭게 휘어져 들어오는 커브에 배트를 휘둘렀지만 공을 맞힐 수 없었다.

평.

"스트라이크."

포수 심재명은 그의 요구대로 들어오는 공의 정교함에 놀랐지만 기분은 매우 좋았다.

오늘 아침에 야구장에 도착한 후에 심재명은 삼열에게 첫 타석에는 빠른 공으로 상대 타자를 상대하고 그다음부터는 커브를 섞어 던지라고 요구했었다.

삼열은 두말없이 그대로 했는데 기대 이상이었다. 인코스, 아웃코스 할 것 없이 코너워크가 절묘해서 어디로 공이 날아오는지 알아도 치지 못한다.

다음 공은 안쪽을 파고드는 날카로운 스트라이크. 경남고 선수들이 플레이트에 바싹 붙어서 공을 치지 않았기에 안쪽이든 바깥쪽이든 삼열이 공을 던지는 데 어려움은 없었다.

마지막 공은 바깥쪽 빠른 포심 패스트볼이다. 상대 타자는 배트를 휘둘렀지만 이미 공은 지나가고 난 다음이었다.

불같은 강속구였다.

삼열이 3회를 마치고 들어오자 심재명이 다가와 '형, 대단했어요'라고 감탄을 하며 말했다.

삼열은 피식 웃으며 더그아웃으로 들어갔다가 곧바로 배트를 쥐고는 타석에 들어섰다.

"야."

"왜?"

"쟤 또 아까처럼 그러지는 않겠지?"

"아마 그럴걸."

"저 새끼한테 가서 분명히 말해. 내 공이 더 빠르다고. 난 열 번이라도 던질 수 있어."

"너희, 시간 끌면 경고다."

삼열은 포수와 수다를 떨다가 주의를 듣고는 타석에 재빠르게 섰다. 그러자 공이 날아왔다.

펑.

"스트라이크."

바깥쪽으로 빠진 슬라이더였다.

'엄청나게 예리하네.'

삼열은 상대 투수 박찬영의 공을 보며 속으로 중얼거렸다.

'뭐, 그렇다고 커트 못 할 정도는 아냐.'

이전과는 다르게 신체의 능력이 향상돼서인지 이렇게 제구가 잘된 공도 아주 선명하게 시야에 들어왔다. 삼열은 상대 투수를 지치게 할 생각을 했다. 그렇지 않으면 대광고의 타자들이 속수무책으로 계속 당할 것 같았기 때문이다.

'비겁하지만 별수 없지, 뭐. 그렇게 한다고 걸려든다는 보장이 있는 것도 아니니……'

삼열은 스트라이크존에 들어오는 공을 모두 커트하기 시작했다.

박찬영은 대광고의 1번 타자만 나오면 골치가 아팠다. 아까는 자신의 고의적인 히트 바이 어 피치드 볼을 손으로 잡아 속을 뒤집어 놓더니 이제는 던지는 족족 걷어내고 있었다. 벌써 열한 개째다.

짜증이 났지만 아까처럼 화를 낼 수는 없었다. 평정심이 무너지면 어떤 일이 일어나는지를 충분히 경험했기 때문이다. 그 탓에 안 줘도 될 점수를 2점이나 줬다.

'끙, 미치겠네.'

속이 부글부글 끓었지만 그의 얼굴에는 그런 불편한 심정이 전혀 나타나지 않았다.

"새끼, 감히 나한테 데드볼을 던져?"

자신이 저지른 만행은 생각하지 않고 당한 것만 생각하는 게 인간이다. 삼열은 그런 면에서는 남들보다 더 심했다.

삼열은 계속해서 상대 투수의 공을 커트해 내기만 했다. 타자가 상대 투수의 공을 커트하는 것은 절대로 쉬운 것은 아니다. 하지만 오늘은 웬일인지 커트하기가 아주 쉬웠다.

'음하하하, 제대로 한번 당해봐라.'

삼열이 사악하게 웃었다. 박찬영은 볼넷을 줄까 고민했지만 지금까지 던진 공이 아까웠고, 또 오기가 생겨 포기하기도 싫었다. 그래서 포수가 아까부터 거르자는 사인을 보내와도 애써 무시했다.

'×발, 반드시 잡을 거다.'

삼열은 가운데에서 약간 비껴 들어 오는 공을 다시 걷어냈다.

딱.

이번 공은 그대로 쳤으면 땅볼이 될 확률이 높았다.

커트하는 자세와 안타를 만드는 자세는 다르다. 커트는 크게 휘두를 이유가 없기에 배트를 가볍게 잡고 툭툭 끊어치면 된다. 반대로 안타는 타자가 자신의 체중을 배트에 실어야 하므로 동작이 커질 수밖에 없다.

손목의 힘이 엄청나게 좋다면 몰라도 스윙에 자신의 체중을 싣지 못하면 안타가 되어도 단타나 내야 땅볼이 될 확률이 높다.

그러기에 전력투구하는 투수와 가볍게 공을 커트하는 타자 중에서 누가 먼저 지칠지는 생각해 볼 필요조차도 없다.

문제는 에이스의 공을 커트하기가 매우 어렵다는 것. 커트를 시도하다가는 삼진을 당하기에 십상이니 말이다.

그러나 시력이 엄청나게 좋고 반사신경이 뛰어난 삼열에게 공을 커트하는 것은 그리 어렵지 않았다.

박찬영은 참을 수 없었다. 같은 투수로서 정정당당한 승부하는 것이 아니라 이렇게 상대를 가지고 노는 행위에 분노해서 있는 힘껏 공을 던졌다.

그런데 던지고 나서 그는 깜짝 놀랐다. 공을 놓을 때 살짝 손가락이 빠져나가는 것이 느껴졌기 때문이다. 아니나 다를까, 공은 타자의 머리 위로 무섭게 날아갔다.

삼열은 자신의 머리를 향해 무섭게 날아오는 공을 보고는 기겁하며 바닥으로 몸을 던졌다. 땅바닥에 몸이 닿자마자 살벌한 소리가 귓가를 스치고 지나갔다.

슈아앙.

펑.

포수가 벌떡 일어나 간신히 공을 잡았다.

"휴우, 굉장한 공이다. ×발."

삼열은 자신의 머리 위로 날아온 공을 생각하자 화가 났다. 일어나 마운드로 달려가려고 하는데 주심의 태도가 심각한 것을 보고 깨닫는 바가 있었다.

"이봐, 괜찮아?"

상대 포수가 삼열을 보고 말을 걸었다. 삼열은 화가 난 표정을 지으며 대답했다.

"너라면 괜찮겠냐?"

삼열은 불쌍한 표정으로 주심을 바라보았다. 그 표정에는 이것은 명백한 고의다, 경고를 줘야 한다는 것이 나타났다.

구본서 주심은 이번에는 상당히 놀라 삼열을 바라보았다. 이번 공은 자신이 생각해도 심각했다. 다른 곳도 아니고 머리 부분으로 날아왔고, 또 그 속도도 굉장했다.

그래서 구본서 주심은 박찬영 투수를 불러 단호한 표정을 지으며 퇴장 명령을 내렸다.

박찬영이 억울함을 주장했고 경남고 감독도 나왔지만 주심은 요지부동이었다. 박찬영 투수는 이전 이닝에 고의로 히트 바이 어 피치드 볼을 던진 경력이 있기에 더 이상의 감정싸움을 방치할 수 없었다.

삼열도 약간 놀랐다. 주심이 바로 퇴장 명령을 내릴 줄은 전혀 예상하지 못한 것이다. 경고만 줘도 된다고 생각하던 터였다.

'이거 나도 조심해야겠는걸.'

상대 투수가 퇴장 명령을 받았다면 자신도 그럴 가능성이 있다.

아마추어 야구에서 비신사적인 행동을 방치하면 경기는 엉망이 되고, 또 불필요한 싸움이 일어날 것이 뻔하기에 간혹

엄격한 규정을 지키는 심판들이 있다.

삼열은 주심의 눈치를 보고는 배트를 살며시 움켜잡았다. 박찬영이 공을 열두 개 던졌으나 아직도 카운트는 투 스트라이크 스리 볼이었다. 그러니 다른 투수가 나와서 마저 공을 던져야 한다.

박찬영은 퇴장을 당했기에 더그아웃에도 들어가지 못하고 선수 대기실에서 기다렸다. 소파만 몇 개 달랑 놓여 있는 곳이었다.

그는 억울했다. 일부러 던진 공이 절대로 아니었다.

"으아아아아! 미치겠네!"

그는 소리를 지르고는 다시 고개를 푹 숙였다. 다른 경기도 아니고 황금 사자기 전국 대회에서 이런 실수를 하다니, 아무리 생각해도 어이가 없었다.

'젠장, 그래선 안 된다는 것을 알았지만 그 얄미운 얼굴을 보면 참을 수가 없었어.'

고의는 아니었지만 평정심을 잃은 것은 사실이었다.

그는 눈을 감았다. 청룡기와 같은 전국 대회에서 두각을 나타내지 않으면 프로 리그로 가는 것이 힘들어진다. 그 생각을 하자 몸에서 힘이 쭉 빠졌다.

'×발, 그 개새끼는 괴물이야. 실력도 좋지만 약을 올리는 데

는 신급 괴물.'

박찬영은 바뀐 투수가 공을 던지는 것을 물끄러미 바라보았다. 1년 후배인 장동혁이다. 그는 갑자기 마운드에 올라서인지 몸이 덜 풀린 것 같았다.

그의 걱정처럼 첫 공이 볼이 되는 바람에 삼열은 1루로 느긋하게 걸어갔다.

박찬영은 1루에 있는 삼열을 보고 한숨을 내쉬었다. 포수가 고의 사구로 내보내자고 할 때 말을 들었으면 지금보다 상황이 훨씬 나았을 것이다. 괜한 자존심 싸움을 한 자신을 탓했다.

1루에 진루한 삼열은 여전히 욱신거리는 왼손을 주물렀다. 진통제를 먹어서인지 통증은 크게 느껴지지 않았지만 분명 근육이 많이 놀란 것 같았다.

타격하고 나서 손목이 시큰거리는 것을 간신히 참았다. 그러다 보니 왼손이 부어오른 것이 육안으로도 보였다. 아마도 날아오는 타구를 잡았을 때 실수해서 근육에 무리를 준 것이리라.

부어오른 손이 약간 얼얼했다. 약을 먹었는데도 이러는데 안 먹었다면 경기를 하는 데 상당한 차질이 생겼을 것이다.

삼열은 뛸까 하다가 바뀐 투수의 제구력이 흔들리는 것을 보고 도루를 유보했다. 그리고 그의 이런 판단은 맞아떨어졌다.

오동탁이 다시 안타를 친 것이다. 삼열은 바람같이 달려 2루 베이스를 찍고 내처 3루까지 달렸다.

장동혁 투수는 마운드에 서서 천천히 호흡을 가다듬었다. 에이스 박찬영이 갑자기 퇴장당하는 바람에 몸도 제대로 풀지 못하고 마운드에 섰다가 볼넷에 안타를 내준 것이다.

"휴우~"

아웃코스를 요구하는 포수를 보며 그는 숨을 가다듬었다. 1점을 줄 생각을 하자 마음이 차분해졌다.

'동료를 믿자.'

그는 수비하는 선후배를 바라보았다. 대부분 선배지만 후배 도 한 명 있었다.

'경남고의 저력을 보여주자. 저렇게 얄미운 녀석에게 질 수 는 없어!'

장동혁이 아웃코스에 꽉 차게 공을 찔러 넣자 타자의 방망 이가 헛돌았다.

펑.

"스트라이크."

상대 타자는 자신이 올라오자마자 흔들린다고 생각했는지 적극적으로 나왔다.

'나야 그러면 좋지.'

장동혁은 커브를 던졌다.

펑.

"스트라이크."

커브의 각은 예리하지 않았지만 대신 빨랐다. 다음 공은 슬라이더를 던져 3번 타자를 삼진으로 돌려세웠다.

그 모습을 지켜보던 삼열은 고개를 끄덕였다. 역시 전통의 강호였다. 달리 명문이 아니다. 투수는 초반에는 흔들렸지만 금방 제자리를 찾아갔다.

여기서 흔들어야 하는데, 하는 생각을 하는 순간 타석에 들어선 4번 타자 박상원이 2루쪽 직선타를 때려 귀루를 하지 못했던 오동탁이 아웃을 당하고 말았다. 정말 어이없게 스리 아웃을 당하고 말았다. 삼열은 3루에서 멍하게 있다가 공수교대가 되는 것을 지켜보았다.

"젠장."

삼열은 천천히 더그아웃으로 들어가 글러브를 꼈다. 그런데 손이 잘 안 들어갔다.

'뭐지?'

손을 내려다보니 손목 부위가 퉁퉁 부어 있었다. 시간이 지날수록 부어갔다.

통증은 없었지만 손목을 심하게 움직이면 아팠다. 박찬영을 놀려주려고 끈질기게 공을 커트해 냈는데 그때 상처가 덧

난 것이다.

"젠장."

어쩌면 당연한 일이었다. 투수가 던진 공을 맨손으로 받았으니 무리가 가지 않을 리 없었다. 커브라 하더라도 120㎞/h는 족히 되었을 공이다. 바로 아이스 찜질을 했어야 했는데 방치하다가 상처를 키운 것이다.

'수비할 때 문제가 되겠는데.'

삼열은 왼손을 글러브에 조심스럽게 끼고는 경기에서 실수하지 않기 위해 정신을 더욱 집중했다.

4회부터 타자들이 타석에 두 번째 서는 것이라 강속구로만 밀고 나갈 수 없다. 체인지업을 배웠다면 좀 더 시합을 수월하게 끌고 갈 수 있겠지만 지금은 커브로 상대 타자들의 타이밍을 뺏어야 했다.

삼열이 와인드업한 후에 공을 던졌다. 공이 그의 손에서 벗어나 포수의 미트를 향해 날아갔다. 그의 손을 떠난 공은 날렵한 제비가 유영하듯 큰 곡선을 그리며 날아가 포수의 미트에 꽂혔다.

펑.

"스트라이크."

상대 타자는 직구에 타이밍을 잡고 나왔다가 커브가 들어오자 몸을 움찔거리며 스윙을 하지 못했다. 설마하니 150㎞/

h를 던지는 투수가 초구를 커브로 던질 줄 예상하지 못한 듯했다. 삼열은 커브 다음 포심 패스트볼을 두 개 연달아 던져 상대 타자를 삼구 삼진을 시켰다.

삼열의 공은 빠르기만 한 것이 아니라 볼 끝의 무브먼트도 좋다. 그래서 2번 타자가 초구를 노려 쳤으나 2루 앞 땅볼을 쳤다.

2루수 남우열은 자신 앞으로 굴러오는 타구를 가볍게 잡아 1루에 송구하여 아웃 카운트를 늘였다.

3번 타자를 맞이하자 심재명 포수가 몸쪽의 공을 요구했다. 상대 타자도 몸쪽 공을 노리고 있는 것 같아 꺼림칙했으나 삼열은 일단 포수의 요구하는 대로 공을 던졌다.

딱.

삼열은 공이 맞는 순간 넘어가는 줄 알고 뒤돌아보았다. 다행히 하늘로 뻗어 나가던 공은 폴대에서 약간 휘어져 나가 파울이 되고 말았다.

"휴우~ 운이 좋군, ×발. 그러니까 감을 믿어야 한다니까."

때마침 불어온 바람 때문에 홈런을 면한 삼열은 포수를 불렀다.

"방심하지 마. 이기고는 있지만 다들 한 방이 있는 애들이야."

"미안해요, 형. 몸쪽 공을 노리고 있는 줄 몰랐어요."

"괜찮아. 다만 너무 쉽게 가지는 마라."

"네."

심재명이 자신의 자리로 돌아가고 삼열도 더욱 집중하기로 했다.

다시 몸쪽 공을 달라고 하는 심재명 포수의 요구가 이번에는 타당하다고 생각하여 삼열은 투심 패스트볼을 던졌다. 역시나 기다리고 있었는지 방망이가 빠르게 따라 나왔다.

삼열은 눈앞에서 땅에 튀긴 공을 잡으려고 했지만, 타구는 글러브 안으로 들어갔다 튕겨 나오는 공을 공중에서 오른손으로 잡아 힘껏 1루에 던졌다.

공이 섬광처럼 날아갔다.

펑.

1루수의 글러브에 자로 잰 듯 정확하게 날아간 공은 간발의 차이로 상대 타자를 아웃시킬 수 있었다.

"휴, 고난의 연속이군."

삼열이 쓴웃음을 지으며 중얼거렸다.

스리아웃.

드디어 기다리던 공수가 교대되었다. 삼열은 더그아웃으로 들어와 응급조치를 원했지만 아이스 팩이 없어 계속 스프레이 파스만 뿌렸다. 아이스 팩 같은 기본적인 것이 없어서 고생할 줄 몰랐던 삼열은 고교 야구가 얼마나 엉터리인지를 비로소 깨달았다.

사실 어린 선수들이기에 투수들은 대부분 얼음찜질을 하지 않는다. 그래도 만약을 위한 얼음이 준비되어 있지 않다는 것은 대광고 야구부의 현실을 보여주었다.

하긴 작년까지는 야구부를 없애자는 말이 나올 정도였으니 뭘 더 바라겠는가.

삼열은 할 수 없이 시원한 음료수를 후배에게 사 오라고 해서 차가운 캔에 손바닥을 가져다 대었다.

'부상을 들켜서는 안 돼. 왼손에 문제가 있다는 것을 알면 땅볼을 많이 때려서 실수를 유도하려고 할지도 모르니까.'

삼열은 진통제를 하나 더 먹고 참기로 했다. 뼈에 금이 가거나 한 것이 아니니 조심하면 어렵지 않게 경기를 마칠 수 있을 것 같았다.

어떤 이유인지는 모르지만 신성석은 잘 때만 활성화된다. 그러니 자고 나면 아마도 이런 작은 부상은 다 나을 것이다.

그래서 부상이 악화되거나 하는 걱정은 없었다.

삼열은 혹시나 하고 벤치에 누워 눈을 감았다. 잠시라도 잠이 들면 좋을 텐데 그렇게 될 것 같지는 않고, 그저 가만히 눈을 감고 누웠다. 신성석이 움직여 주기만을 바라면서.

삼열이 눈을 감고 눕고 나자 타석에서는 5번 조영록이 8구까지 투수와 신경전을 벌이다가 안타로 1루에 출루했다.

6번 타자 강태식이 삼진을 당하고 7번 타자가 투수 앞 땅볼로 아웃되었으나 조영록은 2루까지 갈 수 있었다.

다음 타자는 8구 끝에 볼넷으로 걸어나갔고 9번 타자가 삼진으로 물러났으나 오랫동안 투수와 접전하느라 꽤 시간이 흘렀다.

삼열이 눕자 가슴속에서 서늘한 기운이 흘러나와 온몸을 돌아다니다가 왼손으로 내려갔다. 왼손을 이제 막 치료하려는데 공수 교대를 해야 해서 벤치에서 일어날 수밖에 없었다.

"어디 아프냐?"

유승대 감독이 삼열을 보며 걱정스러운 표정으로 물었다.

그는 경남고를 상대하는 데는 치호보다 삼열이 낫다고 생각하고 있었다.

일단 삼열은 뻔뻔해서 경남고처럼 강타자들이 즐비한 타선에는 확실히 낫다. 또 객관적으로도 삼열의 구위가 치호보다는 좋았다.

"괜찮습니다."

삼열은 아무 일도 아니라는 식으로 대답하며 마운드를 향해 걸어나갔다. 그는 맞혀 잡는 투구를 했는데 왼손을 자유롭게 쓸 수 없게 되자 삼진을 잡는 방향으로 나갈 수밖에 없게 되었다.

'이거 완전 개털이네.'

삼열은 옆에 있는 심재명에게 작은 소리로 말했다.

"야, 왼손이 좀 아프니 살살 던져."

"아, 그래서 아까 그랬군요. 알았어요."

심재명은 삼열이 이전 이닝에서 공을 받을 때 약간 어색한 모습을 보인 것이 그 때문이라고 생각하고 공을 던질 때 주의했다. 삼열이 공을 받다가 한 번 실수로 떨어뜨리기도 했다. 혹시 몸이 안 좋은 것일까 걱정했었으나 구위가 워낙 좋아 그런 쪽으로는 생각지 못했었다.


수화는 삼열이 공을 받을 때 움찔하는 모습을 보고 이상하다고 여겼다.

그녀는 누구보다도 삼열을 잘 알고 있다. 연습을 무지막지하게 해서 어지간한 일에는 저렇게 부자연스런 행동을 할 리가 없었다.

'아까 맨손으로 공을 잡을 때 다쳤나?'

사람들이 간과한 것이 있다. 맨손으로 공을 잡은 삼열이 아무렇지도 않게 털고 일어나자 대단하다고 감탄을 했지, 부상당했을 것이라고는 전혀 생각하지 못했다.

120km/h의 속도로 달리는 차에 부딪히면 사망 아니면 중상이다. 그런데 사람들은 야구공을 그렇게 생각하지 못했다.

물체가 작다고 부상이 월등히 작아지는 것이 아니다.

물론 무겁고 큰 물체에 부딪히면 그만큼 더 영향을 받겠지만 속도를 간과해서는 안 된다.

'바보같이 공을 맨손으로 잡다니.'

일반적으로 몸에 공을 맞으면 공의 몇 배 크기로 멍이 든다. 그리고 잘못 공에 맞으면 뼈가 부러지는 것은 다반사고 심각한 후유증에도 시달릴 수 있다.

랜디 존슨의 비둘기 사건이 그 예다. 랜디 존슨이 샌프란시스코 자이언츠와의 경기에서 공을 던졌는데 타자 앞에 갑자기 날아온 비둘기와 부딪혀서 비둘기가 펑 터져 버린 일이 있었다. 물론 비둘기는 즉사했다.

그런데 죽은 비둘기의 털이 거의 뽑혀 있었다. 랜디 존슨이 던진 공의 회전력에 의해 부딪힌 순간 털이 몽땅 뽑힌 것이다. 그만큼 빠르게 회전하는 공은 매우 위험하다.

"자, 승리를 향해."

맞혀 잡는 것을 포기하고 삼진을 잡으려고 마음을 먹자 삼열의 공이 무시무시하게 변하기 시작했다. 일단 상대 타자들이 공을 치지 못하게 해야 하니 어쩔 수 없다.

6회까지 삼열이 밀어붙이는 공을 던지자 경남고 타자들은 더 이상 칠 수 없었다. 실로 무지막지한 공이었다. 직구는 모두 150km/h가 넘는데 어떻게 고교생 타자들이 치겠는가.

게다가 간간이 섞어 던지는 커브 때문에 직구는 눈으로 볼

수도 없을 정도로 빠르게 느껴졌다. 가장 무서운 것은 송곳 같은 제구력이었다.

경남고의 조동일 감독은 고개를 저었다. 상대팀 투수는 급이 다른 투수였다. 저 무지막지한 공은 메이저리그에서도 통할 것 같았다.

그런데 왜 갑자기 상대 투수가 피치를 올리는지 이해할 수가 없었다.

3회까지만 해도 저 투수는 타자를 맞혀 잡았었다. 그러자 의심 없이 보았을 때는 안 보이던 것이 한번 의심을 하자 흩어졌던 퍼즐조각들이 맞춰지기 시작했다.

'혹시? 부상을 당한 것이 아닐까?'

삼열이는 맨손으로 히트 바이 어 피치드 볼을 잡았다. 너무 갑작스럽게 벌어진 일이라 잊고 있었다. 박찬영의 커브는 각이 작지만, 매우 빨랐다. 그것을 맨손으로 잡은 것이다. 무사할 리가 없다.

'젠장, 너무 늦게 알았어. 그래도 대단하군. 싸가지가 없는 것을 빼면 정말 완벽한 투수야!'

조동일 감독은 타자를 불러 번트를 대라고 지시했다. 주자도 없는데 번트를 대라니 이해가 안 되었지만 감독이 시키니 할 수밖에 없었다.

상대 타자가 번트를 대려고 하자 삼열은 자신이 부상을 입은 것이 들켰다는 것을 즉시 알아챘다.

'나야 번트를 대주면 고맙지.'

삼열은 키가 크고 팔이 길다. 유연성도 매우 좋다. 게다가 하급 군병의 신체까지는 아니어도 인간들 중에서는 매우 빠른 신체를 가지고 있다. 번트는 그가 원하는 바이다.

삼열이 힘껏 공을 던졌다. 그러자 상대 타자가 살짝 배트를 가져다 대었다.

딱.

타자가 번트를 대었지만 빠른 공에 중심을 제대로 맞출 수 없어 튕겼다.

그러자 공이 데굴데굴 굴러 파울라인 밖으로 나가려는 찰나에 삼열이 번개처럼 뛰어와 공을 잡아 1루에 던졌다. 타자는 1루로 제대로 뛰지도 못하고 아웃당했다.

다음 타자도 번트를 대었지만 삼열의 빠른 수비가 빛이 났다. 덕분에 쉽게 아웃카운트 2개를 잡아낼 수 있었다.

조동일 감독은 자리에서 벌떡 일어났다. 일어나서는 안 될 장면이 일어난 것이다.

"뭐지……?"

그는 삼열이 오른손에서 흙을 털어내는 것을 보고 낙담했다. 이번에는 공을 글러브로 잡지 않고 오른손으로 그냥 잡아 던진 것이다.

바운드된 공을 수비수가 손으로 직접 잡는 경우는 많았다. 게다가 삼열의 오른손은 오래전부터 단련해 와서 왼손과는 전혀 달랐다.

만약 오른손으로 상대 투수의 공을 받았다면 다치지 않았을 것이다. 경기를 위해 왼손으로 잡았을 뿐이다. 그만큼 그의 오른손은 강했다.

나머지 한 타자의 타구는 삼열의 키를 넘기는 것이었으나 껑충 뛰어올라 잡았다. 왼손으로 잡은 글러브 안의 공을 떨어뜨릴까 봐 삼열은 재빨리 오른손으로 글러브의 겉을 눌러 공이 빠져나오지 못하게 했다.

결국 7회도 점수 없이 끝났다.

"젠장, 이제 점수가 문제가 아니야. 제발 1루라도 나가야 해."

조동일 감독은 비로소 상대 투수가 퍼펙트게임을 하고 있는 것을 알아차렸다. 녀석의 교묘한 페인트에 속아 화를 내느라 오늘 무안타에 출루가 단 한 차례도 없었다는 것을 깨달았다.

"하아, 어리지만 몹시 존경스럽구나."

그는 경남고 선수에게 번트를 지시하면 반드시 성공할 줄 알았다. 대체로 키가 큰 선수들은 동작이 느리고 굼뜬 편이다. 게다가 왼손을 못 쓴다면 번트작전이 성공할 것이라고 보았다.

그런데 삼열의 수비가 너무나도 빨랐다. 번트를 대면 번개처럼 달려와 공을 잡아 1루로 던졌다.

'대단하기는 하지만, 그렇다고 퍼펙트로 경기를 내줄 수는 없지.'

그는 두 번 남은 공격 기회에 무슨 수를 쓰더라도 점수를 내야 할 다급함을 느꼈다.

야구 명문인 경남고가 신생 고교 팀에게 지는 것도 치욕스러운데 퍼펙트게임으로 진다면 창피해서 얼굴을 들고 다니지 못할 것이다.

마침 경남고도 장동혁 투수가 마운드를 잘 운영하여 더 이상의 점수를 내주지 않았다.

오늘따라 대광고의 타자들이 못하고 있었다. 장동혁 투수가 대광고 타자들의 타이밍을 기가 막히게 뺏고 있었기 때문이다.

직구를 기다리면 커브를 던졌고 커브를 노리면 슬라이더를 던졌다. 그러니 아무리 타격감이 좋은 선수라 해도 공을 제대로 치지 못하고 맞히기 급급하니 제대로 경기를 풀어나갈 수 없었던 것이다.


*          *          *

관중석에서 이 모든 장면을 촬영하고 있던 아서 스펜서는 감탄을 금치 못했다.

구질만 다양하고 경험만 좀 있으면 메이저리그에서도 에이급 투수로 활약할 수 있을 것 같았다.

그는 미국에서 한국으로 오면서 불만이 많았다. 스콧제임스 팀장이 한국 출장을 명령했을 때 기분이 나빴다. 긴 비행 시간과 시차로 인한 몸의 불균형, 그리고 낯선 아시아의 문화를 그는 좋아하지 않았다.

그래서 오지 않으려고 했는데 굉장히 중요하다며 잘하고 오면 인사고과에 반영하겠다는 스콧제임스의 말에 할 수 없이 동의하고 말았다. 하지만 지금은 짜증과 불쾌감이 경이로운 감정으로 바뀐 지 오래였다.

'대단하군, 원더풀!'

그는 삼열의 유연한 피칭을 눈여겨봤다. 마치 물 흐르듯 자연스러운 폼으로 쉽게 쉽게 공을 던지고 있었다.

아서 스펜서는 선수들의 역동적인 장면을 대단히 잘 찍는다. 물론 따로 전문가가 따로 편집하지만 원본 자체로 봐도 흠잡을 데가 없이 깔끔하게 찍는다.

"이번에 명품 하나 나오겠네, 후후."

그는 스콧제임스가 자신을 이곳에 왜 보냈는지 금방 눈치챘다.

당연히 유능한 신인을 발굴하고 계약하면 회사의 지명도가 올라간다. 단순히 금전적인 이득만 있는 것이 아니다. 이러한 명성은 구단과 협상을 할 때도 유리하게 작용한다.

그는 마운드를 내려가 더그아웃에서 죽은 듯이 누워 있는 삼열을 찍었다. 뭔가 문제가 있는 것이 틀림없다. 그런데도 이렇게 잘 던진다는 것은 정말 믿을 수 없는 일이었다.

"최소 100만 달러부터 시작하겠군."

그는 낮은 소리로 중얼거렸다. 그는 삼열을 찍으면서 기분이 좋아졌다. 유쾌하고 즐거운 선수다. 대체로 이런 선수는 메이저리그에 입성하면 롱런할 가능성이 높다.

게다가 간간이 보이는 쇼맨십은 그를 더욱 즐겁게 만들었다.

상대 팀을 자극하는 동작이 얄미웠지만 관중들은 무미건조한 게임보다는 이런 즐길 수 있는 것들을 찾는다. 그리고 맹렬한 사랑을 퍼붓곤 한다.

베이브 루스가 미국인에게 사랑을 받는 이유는 그에게서 즐길 거리를 찾았기 때문이다.

통산 타율 0.366의 놀라운 기록을 내고 있던 타이 콥보다 0.342의 베이브 루스를 관중들이 사랑하는 이유는 당연했다. 그에게는 시원한 홈런의 즐거움이 있었기 때문이다.

그라운드를 치열하게 뛰는 타이 콥의 모습보다 홈런 한 방을 때리고 여유 있게 관중에게 손을 흔들며 홈인하는 그가 더 매력적인 것은 확실했다.

게다가 당시 미국의 경제는 대공황이라는 상황과 맞물려 있었다.

타이 콥의 치열함보다 시원한 홈런을 때려주는 베이브 루스에게서 관중들은 카타르시스를 느꼈던 것이다.

스포츠는 오락이다. 그리고 즐거움을 찾는 것은 인간의 본성이다.

스타의 관중 동원 능력. 미국의 스포츠는 이 요소를 매우 중요하게 여긴다. 프로 스포츠는 어마어마한 돈이 개입되기에 무엇보다도 선수들의 관중 동원 능력을 아주 중요한 요소로 생각한다. 프랜차이즈 스타를 만드는 것도 이런 이유 때문이다.

아시아 선수를 메이저리그로 영입하는 이유 중의 하나도 아시아 팬들을 끌어들이기 위한 것이다.

실제로 박찬호가 잘나갔을 때 그의 연봉은 TV 중계권으로 해결했다는 소문이 있을 정도다. 그러니 이번에도 먹힐 것이다.

아서 스펜서는 삼열을 보며 미소를 지었다.

'너를 메이저리그의 스타로 만들어줄 작품을 내가 찍어주마.'

삼열은 더그아웃에서 누워 쉬면서 몸이 좋아지는 것을 느꼈다. 그는 잠이 들지 않은 채로 주위에서 소곤거리는 소리를 들었다. 아마도 그가 쉬도록 배려하는 모양이다.

"삼열이 형, 지금까지 퍼펙트게임이지?"

"그래, 우리가 잘하자. 반드시 형이 퍼펙트게임으로 마칠 수 있도록. 그동안 얻어먹은 자장면값은 해야지."

"물론이지. 나만 믿으라고."

"자식, 넌 후보잖아."

"하하."

삼열은 대광고 선수들이 소곤거리는 소리를 듣자 기분이 좋아졌다.

'역시 먹이면 달라지는군.'

삼열은 연습이 끝나고 배고픈 아이들에게 자장면을 팍팍 사줬다.

아이들이 먹는 자장면 값이 적지 않게 나왔지만 그 정도는 충분히 사줄 수 있을 정도로 부자였으니 부담은 전혀 없었다.

자장면을 먹이니 아이들이 말을 잘 들었다. 나이도 삼열이 많아 '형, 형!' 하며 따랐다. 그 결과가 황금 사자기 전국 대회 출전이라는 결과로 나타났다.

8회를 마치고 9회로 접어들었다. 조동일 감독은 마음이 급해졌다.

점수는 고사하고 진루라도 해야 할 텐데 안타는 물론 볼넷도 하나 없었다. 그리고 타자들이 스윙을 안 할 수 없는 것이 가만히 있으면 모두 스트라이크가 되니 기다리는 타격을 할 수도 없었다.

제구력 투수의 무서움이 이것이다. 타자가 따라 나오면 유인구를 던지고 아니면 절묘한 코너워크로 삼진을 잡아버리니 말이다.

마지막 두 명의 타자가 땅볼과 삼진으로 물러나면서 고개를 숙이고 더그아웃으로 들어가는 것을 조동일 감독은 어깨를 치며 잘했다고 격려해 주었다.

그는 생각했다. 저런 투수를 상대로 조금도 위축되지 않은 경기를 벌인 것은 칭찬해 줘야 할 것이라고. 당장 프로 선수들이 와서 쳐도 이들보다 나은 성적을 낼 것 같지 않았다.

딱.

마지막 아웃 카운트 하나를 남겨두고 경남고의 타자가 삼열의 공을 받아쳤다.

공이 멀리 멀리 날아갔다. 중견수 오동탁이 죽어라고 뛰었다. 담장을 넘지 못하고 바로 앞에서 떨어지는 공을 오동탁이 넘어지면서 잡아내었다.

경기가 끝났다.

"와아."

"와아!"

선수들이 모두 마운드로 몰려왔다. 더그아웃에 있던 선수들도 나오고 유승대 감독도 나와 기뻐하였다.

"와아, 우리가 승리했어."

"승리했어!"

선수들은 감격하며 눈물을 흘렸다.

우승한 것도 아니지만 승리한 것이 감격스러웠다. 상대는 다름 아닌 경남고였다.

상대 투수에 막혀 1회에 2점을 낸 것을 제외하고는 점수를 못 낸 경기하는 내내 살얼음판을 걷듯 했으니 감격이 안 될 수가 없었다.

관중석에서 누군가 '퍼펙트게임이야' 하고 소리를 지르자 관중들은 일어나서 박수를 쳤다.

조동일 감독도 박수를 쳤다.

정말 오랜만에 대투수의 탄생을 지켜보는 것은 감격스러웠지만 퍼펙트게임의 대상이 자신의 팀이라는 게 씁쓸할 뿐이었다.

'뭐, 훗날 우리 팀은 그에게 기억되겠지.'

비록 퍼펙트게임으로 경기에서 졌지만 1회를 제외하고 경남고도 점수를 내주지 않았고 진루도 불과 네 명밖에 안 되는 명승부를 펼쳤다.

'우리는 투수 한 명에게 진 것이지, 게임에서 진 것은 아니야.'

그는 그렇게 자위하며 씁쓸한 미소를 다시 지었다. 어깨를 늘어뜨린 학생들을 격려한 조동일 감독은 대광고의 유승대 감독을 만나 축하를 해주었다.

강력한 우승 후보였던 경남고가 16강의 문턱도 넘지 못했다. 그런데도 이상하게 부끄럽지가 않았다. 그리고 그는 버스를 타며 생각에 잠겼다.

'우리의 패배를 그 녀석이 부끄럽지 않게 만들기만 바라야겠지.'

그는 눈을 감았다. 학생들도 패배로 인해 기운이 다운되었는지 아무 말이 없었다.

*        *        *

수화는 뛸 듯이 기뻤다. 삼열 때문에 야구에 관심을 갖게 되었지만 그가 얼마나 대단한지 오늘 경기를 보고서야 알았다. 죽으라 뛰고 연습하더니 이렇게 대단한 일을 하려던 모양이었다.

그녀는 소리를 막 질렀다. 관중들도 소리를 질렀기에 유난스럽게 보이지는 않았지만 예쁜 여자가 환호하는 모습을 남자들이 은근한 눈빛으로 훔쳐보곤 했다.

'그래, 저 남자가 내가 사랑하는 사람이야!'

수화는 새벽 일찍 일어나 준비를 하고 서둘러 이곳 창원까지 오길 잘했다고 생각했다.

어차피 주말이라 강의도 없고 애인이 전국 대회에서 선발로 공을 던진다는데 오지 않는 것도 성의 부족이라고 생각해 억지로 일어났다.

하지만 막상 기차 안에서 이런저런 상상을 하느라 오는 내내 즐거웠다. 사랑은 대가 없이 얻어지는 것이 아니라고, 서로 조금씩 쌓아올리는 것이라고, 그렇게 생각하며 왔다.

수화는 관중석을 빠져나가는 관중들을 보고도 움직이지 않았다. 잠시 후 그녀는 한 통의 문자를 받았다.

[기다려요.]

삼열에게서 온 문자였다.

[응. 오늘 승리 축하해! 기다릴게.]

삼열은 경기에서 이겨서 기분이 좋았다. 경기 중간에 자신이 한 타자에게도 안타를 내주지 않고 볼넷도 허용하지 않은 것도 알았다.

하지만 그런 기록에 의미를 두지는 않았다. 기록을 의식하면 좋은 경기를 하지 못한다는 것을 이상영을 통해 들었고 또 이런저런 책에서도 보아 알고 있었다.

"와아! 형, 축하해요."

"어? 응, 고마워."

"형, 축하해요."

여기저기서 축하를 한꺼번에 해오자 어떻게 해야 할지 모를 정도로 정신이 없었다.

평상시 삼열을 껄끄럽게 여기던 유승대조차 그를 껴안으며 축하해 줬다.

축하를 해주는 대광고 선수들을 뒤로하고 삼열은 감독에게 따로 서울로 가겠다고 말했다.

"왜?"

오늘 같은 날은 같이 움직이는 것이 좋을 것 같아서 반문했지만 삼열이 꼭 여기 남아 할 일이 있다고 하니 마지못해 허락했다.

삼열로서는 수화가 여기까지 왔는데 그녀 혼자 돌아가게 할 수 없었다.

감독의 허락을 받고 나서 삼열은 관중석에 앉아 있는 수화에게 다가갔다. 아직도 나가지 않은 채로 있던 몇 명의 남자는 삼열이 수화에게 다가가 아는 체를 하자 그제야 관중석을 나가 버렸다.

"축하해!"

"고마워요."

수화가 삼열을 껴안고 등을 두드렸다.

"키스할까요?"

"안 돼."

"농담이에요."

"치이!"

삼열도 대광고의 몇 명이 남아 두 사람을 지켜보는 것을 흘깃 보았지만 모르는 체했다.

"어떻게 왔어요?"

"일찍 일어나서 기차 타고 왔어."

"힘들지 않았어요?"

"뭐가 힘들어. 이렇게 힘들게 경기를 한 너도 있는데."

수화는 삼열의 손을 잡고 관중석을 벗어났다. 그녀는 오랜만에 삼열과 먼 곳에 왔다는 것이 즐거웠다.

"우리 용지 공원에 가자."

"용지 공원이요?"

"응, 거기 호수도 있대."

"좋아요. 가요."

수화는 삼열이 피곤할 텐데도 같이 가자고 하자 기분이 좋았다.

사실 어떻게 할까 생각했지만 낯선 도시에 둘만 있다는 것이 그녀를 설레게 했다.

"손은 괜찮아?"

"아, 손요? 괜찮아요."

"병원부터 가자."

"그 정도는 아니에요."

병원부터 가자는 수화의 손을 잡아끌어서 택시를 타고 용지 공원에 도착했다.

삼열은 자신의 손이 자고 나면 다 나을 것으로 생각했다. 이보다 더 큰 상처도 나았던 기억이 있어 별로 걱정하지 않았다.

용지 호수는 크지는 않으나 산책하기가 매우 좋았다. 요즘은 대부분의 공원이 관리가 잘되어 있어서 가벼운 산책코스로는 어느 공원을 가도 나쁘지 않다.

이곳은 숲길 산책로도 있고 군데군데 앉을 수 있는 벤치도 있었다.

벤치에 앉아 호수를 바라보는데 시원한 바람이 불어왔다. 호수 위에는 오리가 물놀이를 하고 있었다. 수화가 기분이 좋은 듯 콧노래를 흥얼거렸다.

"오리 봐. 귀엽지?"

"수화 씨, 나 배고픈데 오리고기 먹으러 가요."

"쳇, 무드 없게. 흥, 그럼 밥 먹으러 가자."

삼열은 슬쩍 수화의 표정을 살피다가 그녀를 따라 걸었다.

공원 근처의 음식점에서 삼열은 정말로 오리고기와 삼겹살을 시켰다. 수화는 오리고기는 먹지 않고 삼겹살만 먹었다.

"왜 오리고기는 안 먹어요?"

"이상해."

"뭐가요?"

"그냥, 오리고기는 씹히는 게 이상해서. 난 삼겹살이 좋아."

수화가 삼겹살을 먹으면서 연신 헤헤거렸다.

"많이 먹어요."

"너, 나 많이 먹는다고 놀리는 거지?"

"많이 먹어도 수화 씨만큼 날씬하면 오히려 많이 먹는 것이 낫죠."

"그런가? 크크크."

두 사람이 식사하고 나오니 거리에 어둠이 조금씩 찾아오고 있었다.

"빨리 올라가야죠?"

"그렇긴 한데, 너무 아쉽다."

"저도 아쉬워요."

삼열은 수화의 옆좌석에 앉아 기차를 타고 오면서 내내 즐거웠다.

서울에 가까이 다가올수록 어둠은 더 짙어졌다. 차창에 비치는 풍경들도 조금씩 어두워지더니 짙은 어둠으로 변하는 것은 금방이었다.

"어두워졌네."

"네, 오늘은 즐거웠어요. 멋진 하루였고요."

"나 오늘 자기네 집에서 잘까?"

"그래도 돼요?"

"엄마한테 말해보고."

수화는 핸드폰을 꺼내더니 천연덕스럽게 거짓말을 했다. 그 모습을 지켜보며 삼열은 먼 훗날 딸을 낳으면 절대로 딸이 친구 집에서 같이 잔다고 해도 믿지 않기로 했다.

뭐, 완전히 거짓말은 아니었다. 남자 친구도 친구이니 말이다.

"엄마가 허락하셨어. 대신에 내일 아침 일찍 오래."

"그래야죠."

둘은 함께 밤을 지새운다는 생각에 기분이 좋아 서로의 어깨에 기대어 이야기를 나누었다. 그러다 보니 어느덧 서울에 도착했다.

서울역에 내린 삼열은 어둠 속에서 더 빛나는 도시의 불빛을 바라보았다. 이 거리가 이렇게 활기가 넘치는 곳인지 낮에는 몰랐다.

"우리 동대문 가자."

"동대문이요?"

"응, 거기에 패션 타운이 있잖아… 그리고 우리 청계천도 가보자."

"네, 다 가봐요."

삼열은 포기한 듯 수화가 원하는 대로 하자고 했다.

이렇게 기분 좋아하는데 피곤하니 그만 가자고 할 수는 없었다. 어차피 오늘은 밤새 같이 있을 것이니까 삼열은 마음을 넓게 가지려고 했다.

수화가 패션 타운에 가서 이것도 입어보고 저것도 입어보는 통에 삼열은 이러다가 날이 샐 것 같았다. 그래서 가장 근사한 데로 가서 제일 좋은 옷을 사줬더니 더 이상 쇼핑하자는 말을 꺼내지 않았다.

"이 옷 정말 예쁘지?"

삼열은 옷을 선물 받고는 기뻐 어쩔 줄 몰라 하는 수화의 모습이 귀여웠다.

역시 이 방법이 잘 먹히는데, 단점은 돈이 든다는 것이다. 삼열은 돈을 많이 벌어야 할 것 같은 이상한 예감에 잠시 몸을 부르르 떨었다.

청계천의 밤은 아름다웠다. 조명의 영향이라고 생각되었지만 그래도 무척 화려하고 예뻤다. 특히 시원한 바람과 물소리가 듣기 좋았다.

삼열은 피곤해서 수화와 함께 택시를 타고 귀가했다. 집에 도착해 보니 열한 시가 넘었다.

"심야 영화 보고 올 걸 그랬나?"

삼열은 수화의 생각에 고개를 흔들었다.

아무리 자신의 몸이 좋아졌어도 전력투구를 한 다음이라 힘들었다. 아직 수화는 시합하는 것이 얼마나 힘든지 모르는 모양이다.

해보지 않으면 사람들은 피상적으로 이해할 뿐이다.

TV를 켜는 수화를 뒤로하고 삼열은 샤워했다. 그리고 더운 물에 몸을 담갔다. 피로가 슬며시 밀려오며 눈이 저절로 감겼다. 정말 피곤한 하루였다.

수화가 오지 않았다면 일찍 쉴 수 있었겠지만, 그래도 그녀가 와주어서 기분이 매우 좋았다.

새벽부터 준비하고 와준 수화를 생각하니 저절로 입가에 미소가 지어졌다.

몸이 노곤해서 잠이 설핏 들었다. 아주 잠깐 존 것 같은데 30분이나 지나서 수화가 무슨 일이 있나 욕실로 들어왔다.

17평 아파트의 작은 욕조는 키가 큰 삼열이 씻기에는 불편했지만, 없는 것보다는 나았다. 임대 아파트라 수리를 한다든지 하는 생각은 할 수도 없었다.

"잤어?"

"네."

수화가 피곤해하는 삼열에게 웃으며 말했다.

"네가 이렇게 힘들어하는 건 처음 봐."

"아, 그렇군요."

삼열도 운동하면서 힘들다고 느낀 것은 처음이었다.

육체적인 운동은 이보다 몇 배 이상을 해도 피곤을 느끼지 못했었다. 하지만 상대를 의식하고 꼭 이겨야 한다는 부담감을 가지고 마운드에 선다는 것이 얼마나 힘든지 오늘 처음 알았다.

'그러고 보니 기록을 의식하지 않는다고 하면서도 은근히 신경이 쓰였나 보군.'

생각에 잠긴 삼열의 입술에 수화가 입을 맞추었다.

"호호, 재미있는 표정이야."

"같이 목욕할래요?"

"좁잖아. 싫어."

말은 싫다고 하면서 수화는 옷을 하나씩 벗어서 잘 개어놓고 욕탕 안으로 들어왔다. 그러자 안 그래도 좁은 욕조가 더

좁아졌다.

"거봐, 좁잖아."

"뭐, 아쉬운 대로 이렇게 좀 있어요."

삼열은 수화를 등 뒤에서 껴안고 한참을 그대로 있었다.

"좋죠? 따듯한 물에 있으니까요."

"응, 물을 갈자."

"그래요."

삼열은 지저분해진 욕조의 물을 버리고 다시 더운물을 채
웠다.

이제는 조금 안정이 된 것 같았다. 이렇게 벗고 있어도 욕
정을 참을 수 있는 지금이 예전보다는 한결 낫다는 느낌이
들었다. 여자를 정욕의 대상으로만 보는 것이 아니라 삶의
한 부분으로서 받아들이는 게 어떤 느낌일까를 상상하곤 했
다.

삼열과 수화는 서로의 몸을 쓰다듬으며 따뜻한 물이 주는
안온함을 느꼈다. 삼열은 피곤함이 많이 가신 느낌에 기분이
좋아졌다.

잠시 잠든 그 잠깐 사이에 부었던 손도 많이 나아졌다. 목
욕을 끝내고 삼열은 침대에 누워 쉬었다.

"아직도 피곤해?"

"조금요."

"그럼 우리 이렇게 있어."

수화가 삼열을 안고 미소를 지었다. 삼열은 이렇게 살면 어떨까 생각해 보았다.

수화는 아름다운 아내, 좋은 엄마가 될 것이다. 아침에 요리하고 나면 아이들을 깨우느라 잔소리를 할 것이고 자신에게는 쓰레기를 버리는 심부름을 시키겠지.

'그리고 언제나 내 편이 되어주겠지.'


                    *            *              *


다음 날 학교에 가자 난리가 났다.

"와아, 형. 그저께 퍼펙트게임 하셨다면서요?"

"아마 그럴걸."

"삼열 형, 존경해요."

"저도 이제부터 형을 존경하기로 했어요."

"안 그래도 돼."

삼열은 같은 반 학생들이 신기해하며 아부하는 소리를 듣고 웃었다.

여자들은 퍼펙트게임이 뭔지를 몰라 눈만 동그랗게 뜨고는 삼열을 바라볼 뿐이었다.

삼열의 옆의 뒤에 앉은 미순이 짝 철민에게 '퍼펙트게임이 뭐야?' 하고 묻는 소리가 들렸다.

"9회까지 안타, 홈런, 볼넷, 수비 실책이 없어야 해. 단 한 명의 주자도 내보내지 않고 게임을 마치는 건 엄청난 거야."

"그게 힘든 거야?"

"우리나라 프로야구에서는 단 한 번도 퍼펙트게임을 이룬 투수가 없어."

"그래?"

그제야 미순은 삼열이 주말 게임에서 거둔 승리가 얼마나 대단한지 대충 감이 오는지 그를 새삼스러운 눈으로 바라보았다.

"우리 학교 야구부, 완전 지존이 된 거네."

"와, 대단해."

하루 종일 대광고 학생들은 주말 시합에서 삼열이 달성한 퍼펙트게임에 관한 이야기하느라 정신이 없다. 그것도 한창 잘나가는 야구 명문고를 상대로 그런 일을 했으니 삼열의 인기는 하늘 높은 줄 모르고 올라갔다.

왕따와 괴팍함으로 유명했던 삼열이 이번처럼 동경의 대상이 된 것은 처음이었다.

오후에 삼열이 야구부로 가니 폭죽이 터지고 난리가 났다. 점심을 먹고 왔음에도 유승대 감독은 치킨에다 탕수육을 시켜 파티를 해줬다.

그도 그럴 것이 주요 일간지에 대광고 야구부의 이야기가 대서특필되어서 오전 내내 친구들에게 축하 전화를 받느라 정신이 없었다.

올해 야구부가 좀 할 것 같았지만 이렇게 잘할 줄은 그도 미처 예상치 못했다.

이날은 간단하게 몸을 풀고 파티하는 것으로 연습을 마쳤다. 유승대 감독은 내일부터는 다시 연습을 혹독하게 할 것이라고 언질을 주고 선수들을 해산시켰다.

삼열은 집으로 돌아와 러닝머신 위에 올랐다. 그도 기분이 좋기는 했다. 주위에서 대단하다, 장한 일을 했다 하니 기분이 나쁠 이유는 전혀 없었다.

삼열은 러닝머신 위에서 달리고 또 달렸다. 어제 오늘 운동을 하지 않아 몸이 찌뿌드드했는데 좀 뛰니 좋아지는 것이 느껴졌다.

띵동.

"누구세요?"

"나야."

수화가 문을 열고 들어오자마자 삼열의 뺨에 입을 맞추었다.

"이거 봐. 대단해."

삼열은 수화의 손에 들린 신문들을 호기심 어린 눈으로 바라보았다.

신문에는 삼열의 투구하는 모습과 승리하는 사진이 나란히 실려 있었다. 제목은 거의 환상적이었다.

—천재 투수, 퍼펙트게임을 달성하다!
—강속구의 투수, 처음으로 퍼펙트게임을 이루다!

대충 이런 내용이었는데 대부분 찬사 일색이었다. 그도 그럴 것이 박찬호와 비슷한 구속을 가진 고등학생이 제구력은 훨씬 좋으니 놀랄 만도 했다.

그러나 신문의 기사는 소년이 가진 재능이나 업적에 대해서만 말했지 그런 경기를 하기 위해 어떤 훈련을 얼마나 해야 했는지에 대해서는 일절 언급하지 않았다.

사람들은 결과에 열광하지, 그것을 이루기 위한 과정이나 열정에는 관심이 없다. 영웅은 어느 날 갑자기 나오는 것이 아닌데 말이다.

수화는 신문을 소중하게 만지면서 부드러운 미소를 지으며 말한다.

"이제부터 네 기사는 모두 스크랩할 거야. 어때, 멋진 생각이지?"

"아니, 안 그래도 되는데요. 수고스럽게 그렇게 할 이유가 어디 있어요?"

"어디 있긴, 여기 있지. 애인 사진이 신문에 나오는데 이렇게 안 할 사람은 없을걸."

삼열은 고집을 부리는 수화를 막을 수 없어 결국 고개를 끄덕여 줘야 했다.

"넌 내 거야. 알지?"

"네, 맞아요."

수화는 입술로 도장을 찍고 옆에 나란히 침대에 누웠다.

"우리 이렇게 같이 살았으면 좋겠어. 매일 헤어지는 것이 너무 힘들어."

수화가 말하자 삼열은 은근히 기분이 좋아졌다. 그것이야말로 삼열이 원하는 바였다.

하지만 자신에게는 고3의 학생이라는 커다란 벽이 있다. 나이는 이미 성인이 되었지만 그래도 세간의 눈을 의식하지 않을 수는 없다.

# 2. 꿈을 향해! I

MLB
메이저리그

시간은 빠르게 흘렀다. 8강 상대는 역시나 막강한 천안 북일고다. 전국 대회를 스물세 번이나 치른 고교 야구의 강자 중 하나다.

경남고도 그렇고 북일고도 사실 대광고로서는 이기기 힘든, 급이 다른 학교다. 다만 요즘 투수진이 좋아 그나마 한번 붙어볼 만하다고 느끼는 정도였다.

송치호와 강삼열의 원투펀치는 그야말로 막강해서 어느 야구부라도 쉽게 공략할 수 없는 투수진이었다.

벚꽃과 개나리가 흐드러지게 핀 교정이 아름다운 북일고가 명문이 될 수 있었던 이유도 야구부의 명성을 빼놓을 수 없다. 아름다운 교정과 벚꽃 축제로 이름 높은 북일고 역시 학교 내에 자체 야구장을 가지고 있다.

북일고에 비하면 대광고는 깡촌이나 마찬가지였다. 올해 기적적으로 대광고가 우승한다고 해도 야구장은 턱도 없는 소리였다.

서울 시내 이렇게 땅값이 비싼 곳에 운동장도 아닌 야구장을 만들어줄 리가 없었다.

없애지 않으면 다행인 야구부였는데 이제 성적을 냈으니 없애자는 이야기는 사라질 것이다. 그것만으로도 대광고 야구부원들은 더할 나위 없이 기분이 좋았다.

북일고는 H 그룹이 운영하는 재단에 속하는 학교로 야구부 감독도 H—이글스 출신의 감독이 맡고 있다. 외적 조건만 보면 형편없이 깨져야 정상인 학교가 대광고다.

하지만 대광고의 선수들은 의욕이 넘쳐흘렀다. 져도 잃을 것 하나 없는 상태에서 막강 경남고를 이기고 8강에 올라왔으니 이제는 두려울 것이 없었다.

"형, 이번에도 퍼펙트로 끝낼 거예요?"

"치호야, 너 퍼펙트 가능하니?"

"형, 말도 안 돼요. 그걸 제가 어떻게 해요."

"안 된다는데."

"아하하하. 아참, 이번 경기는 치호가 선발이었지. 내가 또 홈런 한 방 때려줄게. 걱정하지 마."

오종록이 자신의 가슴을 탕탕 치며 호기롭게 말했다.

마침내 북일고와의 경기가 시작되었다.

눈부시게 파란 하늘 아래서 치호가 마운드에서 공을 던졌다.

펑.

"스트라이크."

몸 쪽을 과감하게 파고드는 직구였다. 상대 타자는 몸쪽으로 오는 공에 움찔 놀라며 배트를 휘두르지 못했다.

치호의 공은 이미 고교생 레벨에서는 최고였다. 밸런스가 무너진 투구폼을 이상영에게 교정받고 나서 구속은 더욱 빨라지고 제구도 안정되었다.

다만 마음이 여려 몸쪽 공을 잘 던지지 못하다 보니 좋은 공을 가지고 있음에도 어려운 경기를 하곤 했다.

하지만 삼열과 같이 있다 보니 그도 뻔뻔해졌다. 물론 아직 히트 바이 어 피치드 볼이 가장 좋은 투수의 무기라는 삼열의 말에는 동의하지 않지만 예전처럼 타자를 맞추면 어떻게 하나 하는 생각은 하지 않았다.

"형, 그러다가 상대 선수가 맞아서 부상을 당하면 어떻게 해요?"

"그거야 그놈이 복이 없는 거지. 안타 하나 더 치려고 쪼잔하게 야구하는 놈은 지금이 아니어도 언젠가는 공에 맞게 되어 있어. 어쩌겠어, 맞고 싶다는데 던져 줘야지. 난 마음이 제법 넓거든."

삼열의 말에 치호는 고개를 절레절레 흔들었지만, 욕하면서 닮아간다고 치호도 점점 뻔뻔해지기 시작했다.

특히나 지난 경남고와의 게임에서 삼열이 퍼펙트게임을 달성하고 나자 그는 굉장한 충격을 받았다.

아무리 아마추어 경기지만 퍼펙트게임이라니. 노히트노런도 아니고. 그때 치호가 받은 충격은 상상 이상이었다. 은근히 자신이 더 우위에 있다고 생각하고 있었는데 알고 보니 아니었다.

그런데 아무리 생각해 봐도 자신이 크게 밀리는 것은 없었다.

직구의 구속 차이는 좀 나지만 자신은 더 다양한 공을 던질 수 있고 제구도 안정되었다. 문제는 마음가짐에 있다는 것을 깨달은 이후부터 몸쪽에 공을 던지는 것을 두려워하지 않게 되었다.

2구는 바깥쪽으로 빠지는 날카로운 슬라이더였다.

펑.

"스트라이크."

그리고 제3구는 위에서 아래로 떨어지는 변화구였다. 타자
는 배트를 휘둘렀고 공은 그대로 미트에 꽂혔다.

펑.

"스트라이크."

송치호는 1번 타자를 삼구 삼진으로 잡고 2번 타자를 땅볼
로 아웃, 3번 타자를 내야수 뜬공으로 가볍게 잡아버렸다. 그
모습을 본 대광고 선수들은 박수를 치며 공수 교대를 했다.
송치호는 1이닝을 공 일곱 개로 마쳤다.

"와, 저 자식 죽이는데."

"원래 치호가 잘 던졌잖아요."

외야수 자리에서 건들거리며 걸어오던 삼열에게 1루수 원도
훈이 말했다.

"그렇긴 하지."

삼열도 송치호의 구위가 매우 좋다는 것을 인정하고 있었
다. 그러니 성질이 좋지 않은 그가 1선발 자리를 치호가 맡아
도 가만히 있었던 것이다.

삼열은 지난 경기에서 퍼펙트게임을 달성하고 난 후에도 치
호를 자신보다 위로 생각하고 있었다.

이제 겨우 한두 번 호투했다고 에이스 투수가 될 수 있는
것은 아니기 때문이다.

"형, 이번에도 투수 약 올릴 거예요?"

"1번 타자의 의무는 상대 투수로 하여금 많은 공을 던지게 하는 거야. 그래야 투수의 그날 구위를 알아볼 수 있으니까. 새끼들, 내가 악역을 해주고 있는데도 빌빌거리면 어떻게 하냐?"

"형, 그게 아니라 형은 타격에 자신이 없으니 커트하는 거 잖아요."

오종록의 말에 삼열은 뭔가를 훔쳐 먹다가 들킨 것처럼 딸꾹질하기 시작했다.

"형도 양심은 있으시네요."

딸꾹, 딸꾹.

"형, 물 먹어요."

"왜 갑자기 딸꾹질이 나지?"

삼열은 물을 먹고 천천히 타석으로 걸어나갔다. 주심이 늦게 나온 삼열을 째려보자 그는 얼른 고개를 돌려 다른 곳을 보았다.

"플레이볼!"

주심의 선언으로 플레이가 시작되었다. 삼열은 투수를 바라보았다. 크지 않은 키지만 굉장히 탄탄한 체격을 가진 투수였다.

'자식, 좀 던지겠는데.'

삼열은 그동안 타격 연습을 열심히 했지만 아직은 타격에는 자신이 없었다. 하지만 커트라면 달랐다. 어떻게 된 일인지 그에게 커트는 아주 쉬웠다.

재수 없으면 아웃이 되겠지만 대부분은 히팅 포인트를 제대로 맞히지 못해도 파울을 만드는 것은 쉬웠다. 그것은 그의 동체 시력과 신체 반응속도가 엄청나게 좋기 때문이다. 동시에 공을 커트하기 위해서는 삼열이 배트를 앞으로 가져왔기에 가능했던 것이다.

150㎞/h 이상을 던지는 강속구 투수도 번트를 대려고 하는 타자에게는 별수 없다.

앞에서 톡 하고 방향만 바꿔 버리면 되기 때문이다. 그런데 커트는 번트보다 더 쉽다. 무조건 밖으로 보내기만 하면 되니까.

번트는 누상의 주자가 어디에 있느냐에 따라 1루 라인이나 3루 라인에 붙여서 공이 굴러가도록 만들어야 한다. 그래야 선발 주자가 무사히 진루할 수 있기 때문이다. 그래서 번트는 쉬워 보여도 결코 쉽지 않다.

중심 타자에게 번트를 시키지 않는 이유 중의 하나가 그들의 실력을 믿기 때문이기도 하지만 번트를 잘하지 못하기 때문이기도 하다.

중심 타자이다 보니 남들보다 번트 연습을 많이 하지 않는다. 중심 타자가 번트를 대야 하는 상황이라면 이미 그 팀은 볼장 다 본 것이다.

평.

"스트라이크."

공이 가운데로 오다가 삼열의 앞에서 바깥쪽으로 휘어져 나갔다.

'이 녀석 정말 좀 던지네.'

상대 투수의 공이 묵직한 것이 느껴졌다. 미트에 박히는 소리가 가볍지 않고 둔탁했기 때문이다.

'뭐, 북일고의 에이스니 이 정도는 해줘야겠지.'

삼열은 투 스트라이크 원 볼에 바깥쪽으로 빠지는 슬라이드를 뚝 하고 건드렸다. 공이 데굴데굴 굴러 투수 앞으로 굴러갔다.

"×발, 엿 됐네."

삼열이 배트를 던져 버리고 그냥 더그아웃으로 들어가자 상대편 투수가 황당한 표정을 지었다.

이런 경우는 처음이라 투수도, 포수도, 심지어 주심마저도 놀란 눈으로 더그아웃에 엉덩이를 걸치려는 삼열을 바라보았고, 유승대 감독은 인상을 쓰면서 바닥에 침을 뱉었다.

할 수 없이 투수는 1루로 공을 던져 아웃 카운트 하나를 잡았다.

상대 타자가 자진해서 안 뛰겠다는데 뭐라고 말할 수 없지만 장승덕 투수는 기분이 더러워졌다.

적어도 야구 선수라면 뛰는 척이라도 해야 하는데, 아예 너 엿 먹어라 하는 눈초리로 자신을 한 번 보고는 더그아웃으로 걸어 들어갔던 것이다.

"형, 이번에는 실수하셨네요."

"실수 아냐. 무지 공이 좋아."

"음하하하, 그럼 내가 형에게 한 수 보여드리죠."

오종록이 타석으로 뛰어가면서 한마디 했다. 주심은 삼열의 행동에 기분이 상했는지 조금 늦게 나온 오종록에게 경고를 줬다.

오종록은 삼열에게 하도 억울한 일을 많이 당해서 주심이 경고를 해도 고개를 한 번 끄덕이는 것으로 끝이었다. 항의도 하지 않고 아주 잘 처먹겠다는 식으로 묵묵히 투수를 바라볼 뿐이었다.

'뭐, 이 정도만 해도 대학에 턱걸이는 하겠지.'

오종록으로서는 작년까지 대학은 바라볼 수도 없는 상황이었다. 하지만 이제는 전국 대회 8강까지 올라왔으니 3류 대학은 갈 수 있을 것으로 생각하자 느긋해졌다.

'그래도 2류대는 가야지.'

그가 이런 생각을 하는 데 공이 지나가 버렸다. 역시나 삼열의 말대로 구위가 상당히 좋았다. 그렇게까지 빠르다고 볼수는 없었는데 공 끝이 좋았다. 그리고 묵직한 것을 보니 쉽게 안타를 칠 수 있는 투수는 아니었다.

"×발, 투수 죽이네."

오종록의 말에 포수 신지창은 빙긋 웃었다. 경남고를 퍼펙트로 이기고 올라온 팀이라고 해서 긴장했는데 투수를 제외하고는 별것 없는 것 같았다.

오종록은 날아오는 공을 보고 그냥 휘둘렀다.

딱.

중견수와 우익수 사이를 가르는 안타였다. 그도 안타가 될줄 전혀 예상 못 했다가 공이 굴러가자 죽기 살기로 뛰었다.

"어, 쳤네."

삼열이 비스듬히 의자에 기대어 앉아 있다가 벌떡 일어났다. 오종록은 삼열이 들어오기 전에 1번 타자였기에 선구안이좋았다.

단타를 잘 치던 그가 2번으로 밀려나면서 배팅폼을 고치니장타가 곧잘 나왔다.

삼열은 벌떡 일어나 더그아웃 바깥쪽으로 가서 배트를 휘둘렀다.

"스즈키 이치로가 뭐 있겠어? 공을 오래 보면 되는 거지."

그는 배트를 더 횡으로 내리고 타격 연습을 하기 시작했다.

그렇게 하니 한결 치기가 쉬워졌다. 그러나 이 자세로는 죽어도 장타는 나오지 않을 것 같았다.

배트에 체중을 실을 수 있는 것도 아니고 어깨를 완전히 젖혀서 치는 것도 아니어서 손목의 힘이 없다면 죽었다 깨어나도 홈런은 나올 수 없는 타격폼이었다.

'뭐, 이렇게 치니 그 새끼가 죽으라고 뛰는 거겠지.'

자세를 횡으로 낮추는 것은 발이 빠르다면 그다지 나쁜 타격 자세는 아니었다. 스즈키 이치로처럼 내야 안타를 만들어 낼 수 있을 정도의 빠른 발만 있다면 타율만큼은 확실히 올라갈 것 같았다.

1번 타자를 하는 삼열이 모델로 삼는 타자는 타이 콥이었다. 그런데 타이 콥은 베이브 루스를 항상 질투했다. 그는 베이브 루스에게 향하는 팬들의 사랑이 지나치다고 생각했다. 언제나 자신이 루스보다 더 낫다고 생각했는데 팬들은 베이브 루스만 좋아한 것이다.

나중에 베이브 루스는 홈런을 포기하고 안타를 칠 생각을 했으면 6할은 쳤을 것이라고 말했다. 홈런 타자인 그의 통산 타율이 0.342였으니, 그의 신체적 능력이라면 어쩌면 가능했을지도 모른다.

반면 타이 콥도 안타를 포기하면 언제든지 홈런을 칠 수 있는 선수였다. 다만 타격폼이 굳어져서 하지 않았을 뿐이다.

삼열은 열심히 새로운 타격폼으로 배트를 휘둘렀다. 사실 새로운 폼도 아니었다. 기존의 타격폼에서 고개를 뒤로 좀 더 젖히고 배트를 앞으로 가져왔을 뿐이었다.

이렇게 하면 공을 좀 더 오래 볼 수 있다. 그래 봐야 0.1초도 안 되겠지만 경이로운 신체 능력이 있는 삼열에게는 굉장한 차이를 가져왔다.

실투도 아닌 공이 안타를 맞자 장승덕은 당황했는지 다음 타자를 볼넷으로 진루시켜 1사 1, 2루에 주자를 두게 되었다.

4번 타자 박상원이 직구를 밀어쳐 또다시 안타를 만들었다. 그러자 오종록이 빠른 발을 이용하여 홈으로 들어와 득점하였다.

북일고의 신지창 포수가 마운드로 갔다가 이야기를 짧게 주고받고 다시 내려왔다. 마음을 안정시킨 장승덕 투수는 다음 두 타자를 모두 삼진으로 잡아버렸다.

천안 북일고는 학교에서 단체로 응원을 왔는지 플래카드도 걸고 응원가도 불렀다. 1회 말에 1점을 내줬어도 응원석은 별반 동요가 없었다. 1점 정도야 얼마든지 만회할 수 있다고 생각한 모양이다.

송치호는 2회 초에도 선전했다. 그의 공은 낮게 제구가 되었고 구위도 좋았다.

제구가 제대로 된 공이 스트라이크존에서 공 한 개 차이를 두고 들어가고 나가니 북일고의 선수들은 스윙 타이밍을 잡지 못했다.

스트라이크인 것 같아 배트를 휘두르면 볼이고, 볼인 것 같아 참으면 스트라이크였다. 삼열은 치호가 북일고 타자를 삼진으로 잡으니 심심했다.

그때였다.

딱 소리와 함께 한눈을 팔던 삼열은 소리를 따라 무조건 뛰었다. 그리고 공이 담장을 넘어갈 것 같아 보이자 그는 큰 키를 도약해 담장을 살짝 넘어가는 공을 잡아버렸다. 197㎝의 큰 키와 긴 팔이 한몫했다.

공을 잡고 바닥에 쓰러진 삼열은 자기가 무슨 짓을 했는지 몰랐다. 그는 입안에 들어간 흙을 뱉고는 중얼거렸다.

"퉤! 아뉘, 그냥 1점을 주고 말걸, 왜 이렇게 무리를 했는지 모르겠네."

그는 은근히 울려오는 다리의 통증을 참으며 일어섰다.

"와아, 형! 대단해요."

주위에서 몰려들어 삼열을 칭찬하느라 정신이 없었다.

"형, 그거 홈런이었어요."

"와, 이런 걸 보다니. 형 키가 이렇게 부러운 적은 오늘이 처음이에요."

언제나 자신이 정상이고 삼열의 큰 키가 비정상이라고 말하던 김오삼의 말이었다.

"괜히 잡았다."

"에, 왜요?"

"다리 아프잖아."

"다음에도 잡으세요. 제가 안마해 드릴게요."

"저도 할게요."

더그아웃으로 가면서 모두 기분 좋게 웃었다. 송치호가 다가와 고마움을 표했다.

"형, 고마워요. 형 아니었으면 실점했을 거예요."

"투수가 실점은 기본이지. 못 치는 놈이 나쁜 거야. 투수들을 등쳐 먹는 놈들이지."

"아, 아니, 그렇게까지 말할 필요는……."

"당연히 있지. 저번 경기에서 저것들이 점수를 냈으면 내가 팔이 빠지라고 공을 던졌겠어?"

삼열의 말에 선수들은 모두 불만이 가득한 얼굴로 그를 바라보다가 삼열이 눈에 힘을 주자 모두 고개를 돌렸다.

"형, 근데 아까 그 수비 진짜 기가 막혔어요. 어떻게 한 거예요?"

"뭐, 그냥 뛰다 보니 그렇게 되었네. 하하……."

딴 데 한눈팔다가 얼떨결에 공을 잡았다고는 아무리 뻔뻔한 그라도 차마 말할 수 없었다.

상대 투수는 2회부터 공을 잘 던지기 시작했다. 그 모습을 보고 삼열은 눈살을 찌푸렸다. 저렇게 되면 또 투수들이 힘들어지고, 그러면 치호가 완투하지 못해 자신도 구원 등판을 해야 한다.

삼열은 욱신거리던 다리의 통증은 없어졌지만 오늘도 긴박한 상황에서 구원 등판하는 것이 내키지 않았다.

긴박한 상황에서 등판하게 되면 어쩔 수 없이 전력투구를 하게 되고, 그러면 투구폼이 다시 흐트러질 수 있기 때문이다.

이제 겨우 투구폼이 제대로 되었는데 여기서 다시 망가지면 곤란하다. 실제로 지난 경기에서 퍼펙트게임을 하고 나서 자신의 투구폼이 아주 미묘하게 틀어진 것을 훈련하다가 발견했다.

그만의 독특한 훈련법, 즉 아주 느리게 동작을 끊어서 투구하는 것을 하지 않았다면 알아채지 못했을 것이다. 그 부자연스러운 투구 동작을 고치느라 그는 하루를 몽땅 사용해야 했다.

'×발, 욕먹어도 할 수 없어. 상대 투수를 일찍 강판시키자.'

실제로는 안타를 제대로 치지 못해서 커트하였던 것이지만, 이제는 칠 수 있을 것 같음에도 커트하려는 것이다. 아까도 커트를 할까 안타를 칠까 순간적으로 갈등하다가 배트가 나가서 내야 땅볼로 아웃되었던 것이다.

2회는 양 팀 득점 없이 끝나고, 3회에 북일고가 안타를 치고 1루로 나갔지만 후속 타자 불발로 스리아웃이 되고 말았다.

삼열은 공수 교대를 하면서 마운드로 걸어가는 장승덕을 바라보았다.

그는 정말 좋은 투수다. 그리고 상대 타자들의 타격 자세도 매우 좋았다. 송치호의 강속구와 제구력이 뒷받침되지 않았다면 벌써 점수를 내주었을 것이다.

2회에 홈런성 공을 맞은 것이 그 예였다. 약간 실투성 공이었지만 그렇다고 가운데로 몰린 공은 아니었다고 심재명이 말했다. 즉, 쉽게 홈런이 될 공은 아니었다는 소리다.

바깥쪽으로 공 하나를 뺀 유인구를 요구했는데 꼭 찬 스트라이크가 들어오다가 맞았다고 했다. 수 싸움에서 지자마자 바로 두들겨 맞은 것이다.

상대 투수는 묵묵하게 공을 던졌다. 3회나 되었어도 구속이나 제구는 조금도 떨어지지 않았고 시간이 갈수록 오히려 더 좋아지고 있었다.

삼열은 배트를 휘두르며 타석에 들어섰다.

'미안하다. 옴팡지게 던지게 해줄게.'

삼열은 투수를 향해 비릿하게 웃었다. 장승덕은 그 웃음을 보고 기분이 상했다. 대광고에 이상한 놈이 하나 있다는 소문은 어렴풋하게 들어서 알고 있는데 아무래도 눈앞의 놈인 것 같았다.

'반드시 잡아주마.'

장승덕은 자신의 운명도 모른 채 삼열을 향해 승부욕을 드러냈다.

삼열은 플레이볼이 선언되지 않은 틈을 타 더그아웃을 향해 손가락 두 개를 연달아 펼쳤다.

"뭐지?"

더그아웃에서 오종록이 고개를 갸웃했다. 딱히 타자가 배트를 휘두를 만한 장소가 없어서 앞 타자가 투 스트라이크가 되면 나와 몸을 풀곤 하였기에 더그아웃에 선수들이 있었다.

"2가 두 개면 22인데."

"뭐지? 설마 공을 스물두 개나 던지게 만들겠다는 것은 아니겠지?"

"말도 안 돼. 열 개는 어떻게 할 수 있지만 스물두 개면… 와우, 상상이 안 된다."

"그렇지? 그럼 뭐지?"

그들은 삼열이 그렇게 할 것이라고는 생각도 못했다. 투수들이 가장 꺼렸다는 메이저리그의 루크 애플링은 당시 삼진을 잘 잡아내던 밥 펠러 투수를 상대로 스물여덟 개의 공을 던지게 하고는 볼넷으로 1루로 걸어나갔다. 물론 이런 경우는 극단적인 예외에 속한다.

삼열은 고개를 뒤로 젖히고 배트를 앞으로 조금 더 당겼다. 그리고 투수가 공을 던지는 족족 커트를 하기 시작했다.

장승덕은 미치고 환장할 지경이었다. 투 스트라이크까지는 아무 문제가 없었다. 그러나 투 스트라이크가 되자마자 삼열이 스트라이크 비슷한 것은 모조리 커트하고 있었으니, 벌써 공을 열한 개나 던졌다.

더욱 기분 나쁜 것은 상대 타자가 그것이 의도적이라는 듯이 비릿한 웃음을 흘리면서 커트를 하니 죽을 맛이었다. 좀 전에 미친 척하고 히트 바이 어 피치드 볼을 던졌더니 재빠르게 피해 버려 볼만 하나 주고 말았다.

'×발, × 같은 놈아. 차라리 안타라도 치라고.'

그는 힘껏 던졌다. 그러나 145㎞/h에 이르는 강력한 공을 던졌어도 소용없었다. 스트라이크존을 걸치면 무조건 커트였다. 열아홉 개째의 공을 던졌을 때 실수로 가운데로 들어갔다.

따앙.

맞는 소리가 달라 장승덕은 급히 고개를 돌렸다. 공은 하늘 위로 날아가더니 담장을 넘어갔다. 홈런이었다.

삼열은 자신이 친 공이 홈런이 될 줄은 몰라서 자리에 멍하니 서 있었다. 그러자 주심이 '뭐 해!' 하고 소리를 질렀다.

"아, 네."

그는 베이스를 밟으며 정말 소가 뒷걸음질 치다가 쥐를 잡은 꼴이라 생각했다. 정말 어이없었다. 그냥 아무 생각 없이 휘두른 배트에 공이 담장을 넘어갔다. 자신은 아직 제대로 된 안타 하나 치지 못했는데 홈런이라니.

하지만 그는 같은 팀 선수들에게 축하를 받은 후 전혀 다르게 말했다.

"공이 수박만 하게 보이더라고."

"정말요?"

"너 내가 거짓말하는 것 봤냐?"

"네. 많이요."

"하하."

삼열이 멋쩍은 웃음을 지었다.

이번 홈런은 그냥 가운데로 들어온 공을 얼떨결에 휘둘러서 운 좋게 홈런이 된 것이다.

'뭐, 운도 실력이니까.'

삼열은 해맑게 웃었다.

홈런을 치고 누상의 베이스를 밟았을 때 기분이 묘했다. 심장 끝에서 뭔가가 간질거리는 것이, 왠지 감격스러웠다.

그 기분은 더그아웃에 들어왔어도 사라지지 않았다. 동생들에게는 잘난 체했지만 이런 기분으로 타자들이 홈런을 치는구나 하는 생각과 노리고 친 공이 아니어서 멋쩍다는 생각도 들었다.

고교 야구에서는 투수가 4번 타자도 하는 경우가 왕왕 있어서 투수가 홈런을 치는 것은 드문 일은 아니다. 하지만 삼열은 이번 홈런으로 어쩌면 자신이 생각보다 타격에 재능이 있을지도 모른다고 생각했다.

관중석을 보니 아서 스펜서가 오늘도 변함없이 카메라 촬영을 하고 있었다. 그 모습을 보고 삼열은 고개를 끄덕였다. 샘슨사에서 일을 처리하는 과정이 마음에 들었다.

자신을 위해 스콧제임스와 아서 스펜서, 두 명이나 한국에 와준 것이 고마웠다. 거리라도 가까우면 몰라도 자그마치 미국 아닌가.

다시 1점을 득점하여 2점을 앞서니 대광고 선수들은 승리에 대한 가능성으로 한껏 기대에 부풀었다. 다른 학교도 아니고 북일고를 상대로 2점이나 뽑아내니 기분이 좋을 수밖에 없었다.

다음 두 명의 타자가 안타를 치고 나가자 장승덕 투수가 마운드에서 내려오고 새로운 투수로 바뀌었다.

토너먼트 경기라서 북일고로서도 더 이상 점수를 주면 곤란했다. 대광고의 송치호가 뛰어난 투구를 하고 있었기 때문이다.

바뀐 투수가 연습구를 던지자 삼열은 그의 투구폼을 눈여겨보았다. 새로운 투수는 스리쿼터 폼으로 던지는데 구속은 아까 던졌던 장승덕만큼 나오지는 않았지만 굉장히 변칙적인 투수였다.

새로 바뀐 투수를 상대로 대광고는 점수를 내지 못하고 공수가 교대되었다. 구위는 좋다고 말하기 힘든 투수였는데 이상하게 타자들이 맥없이 삼진과 뜬공으로 물러났다.

아직 실전경험이 많이 없는 대광고 선수들은 다양한 투수의 공을 경험해 보지 못했기에 조금만 특이한 공이 날아오면 당황했다. 경험이 그래서 중요하다. 경험은 변수를 예측하고 행동할 수 있게 된다.

삼열은 글러브를 챙기고 외야 쪽으로 터덜터덜 걸어갔다. 오늘은 덥고 건조한 날씨가 지속하는 나른한 오후였다. 지난 주에는 수화가 와주었기에 지루하지 않았는데 오늘은 그저 날씨만큼이나 권태로운 시합이 계속되고 있었다.

"그래, 파이팅하자!"

삼열은 맥없어지려는 자신을 추스르며 마운드에서 공을 던지는 치호를 바라보았다. 송치호는 한 번 홈런성 공을 맞은 후부터 바짝 긴장했는지 더 이상 위기를 맞지 않으며 공을 잘 던졌다.

북일고의 강타선이 145㎞/h의 직구를 뿌려대는 송치호의 공에 속수무책으로 당했다.

구속만 놓고 본다면 능히 프로야구에서도 통할 정도의 공이 낮게 제구되어 들어가니 고교생의 실력으로는 공략하기가 거의 불가능했다.

가끔 내야 땅볼이 나왔지만 외야까지 오는 공은 없어 삼열은 또 지루해졌다.

투수는 매 순간 상대 타자와 승부해야 하니 지루할 사이가 없다. 반면 수비수는 쏟아지는 뜨거운 햇살을 맞으며 경기를 해야 하니 심심했다.

'이것, 참. 수비는 무척이나 지루하군.'

삼열은 타자가 적성에 맞지 않는다고 생각했다. 끊임없이 움직이고 집중력을 요구하는 투수는 시간 가는 줄 모르는데, 야수는 9이닝 동안 자신이 있는 쪽으로 공이 날아오는 것은 몇 번 안 되니 적응이 잘 안 되었다.

그도 그럴 것이 삼열은 항상 움직였다. 뛰고 또 뛰었다. 뼈가 부러지고 근육이 찢어지기 전까지 뛰었는데, 시합이라고 하지만 가만히 서 있으려니 심심했다.

'수화 씨라도 왔으면 좋겠는데.'

그런 마음이 들었는데 왠지 그녀가 왔을 것 같아 뒤를 돌아보았다. 그랬더니 정말로 수화가 자신을 보며 손을 흔들고 있는 것이 아닌가.

삼열은 너무나 기뻤다. 그녀가 자신을 생각하는 마음이 너무나 친밀하게 느껴졌다. 삼열도 그녀를 향해 손을 흔들었다. 그때였다.

딱 하는 소리와 함께 공이 날아와 삼열의 뒤통수를 강타했다.

"악."

삼열은 쓰러졌다가 벌떡 일어났다.

데굴데굴.

공이 눈앞에서 천천히 굴러갔다. 삼열은 통증으로 인해 머리가 흔들리고 정신이 없었지만, 재빨리 공을 집어서 3루로 던졌다.

휘익.

삼열이 던진 공이 굉장한 속도로 날아갔다.

2루를 막 돌아서 3루로 내달리던 주자가 아슬아슬하게 태그아웃을 당했다. 정말 기가 막힌 송구였다.

"형, 뭐야……?"

중견수 오동탁이 삼열을 보고 쿡쿡거리며 웃었다. 다만 3루로 뛰다가 아웃이 된 주자가 허탈한 표정으로 삼열을 바라보았다. 외야수가 넘어진 것을 보고 뛰었는데 아웃이 되었다. 이런 결과가 나온 것이 믿어지지 않았다.

삼열은 뒤통수가 몹시 아팠다. 야구공에 맞았으니 안 아픈 게 이상한 일이다.

혹이 순식간에 튀어나오며 뒷머리가 욱신거렸지만 대광고 선수들은 낄낄거리며 웃기 바빴다. 심지어 주심마저 소리를 내어 웃고 있었다.

주심은 시합 중에 한눈을 팔다가 뒤통수에 야구공을 맞은 선수를 이번에 처음 보았다. 골프장에서 캐디들이 종종 맞는다는 말은 들어봤어도 야구에서는 금시초문이었다.

삼열은 쪽팔려서 아프다는 말도 하지 못하고 땅만 바라보았다. 수화도 처음에는 놀라다가 관중석에서 웃는 사람들을 따라서 미소를 지었다.

어쨌든 실수는 했지만 정확한 송구로 타자 주자를 잡았으니 가벼운 해프닝으로 끝났다.

'젠장 젠장, 난 역시 투수가 제격이야. 지루해서 외야수 해 먹기 힘들군.'

삼열은 자신의 실수에 이런 핑계를 대고 뻔뻔하게 다시 관중석에 있는 수화를 향해 손을 흔들었다. 삼열의 모습에 수화는 미소를 지으며 마주 손을 흔들었다.

그사이 공수가 바뀌었는데 그것을 알아채지 못하고 삼열은 관중석에 있는 수화를 보며 말했다.

"웬일이에요?"

"너 보러 왔어."

삼열이 야구장을 나가지 않자 상대 팀 외야수가 어이가 없는 듯 소리를 질렀다.

"야, 넌 안 나가?"

그는 삼열과 이야기하고 있던 수화의 미모를 보고는 약간 놀란 듯 주춤했다가 다시 소리를 질렀다.

"야, 연애는 나중에 하고 일단 꺼져."

"이따 봐요."

삼열이 늦게 나온 탓에 경기가 잠시 지연되었다. 주심이 그를 불러 주의하라고 경고했다. 삼열은 고개를 숙이고 주심의 말에 수긍하고 나왔다. 어쨌든 자신으로 인해 경기가 지연되었으니 할 말은 없었다.

더그아웃에 들어가니 다른 학생들이 모두 삼열을 바라보았다.

"…왜?"

"누구예요?"

"누구면?"

"형 애인이죠?"

"알아서 뭐하게?"

"두 번이나 연달아 온 걸 보니 친척 같지는 않고, 대학생 같아 보이는데… 와! 형, 대단해요."

삼열은 피식 웃었다. 여자의 외모는 남자의 자존심이다. 그는 고개를 뻣뻣하게 들고는 뻔뻔한 미소를 지었다.

아서 스펜서는 비디오를 찍다가 쿡쿡 웃었다. 이런 황당한 일은 그도 처음 보았다.

열 개의 우승 반지를 가지고 있는 요기 베라도 엉뚱하고 수다쟁이였다. 마치 그를 보는 듯했다. 물론 요기 베라는 포수였지만 하는 짓이 비슷했다.

어떻게 판단을 해야 할지 모르는 선수지만 자신의 실수를 실력으로 만회하는 점은 매우 좋게 보였다. 그리고 그는 삼열과 이야기를 나눴던 여자를 바라보았다.

동양인 여자치고 상당히 매력적이었다. 마치 한 송이 백합을 보는 듯 상큼하고 신선했다.

수화는 피식 웃었다. 자신과 이야기를 하다가 야구공에 맞은 삼열을 생각하니 웃음이 저절로 나왔다.

야구 선수가 야구공으로 뒤통수를 맞다니, 생각만 해도 너무 웃겼다.

한편으로 뒤통수가 얼마나 아팠을까 생각하면서도 웃음이 나왔다. 평상시는 무척이나 진지하기만 한데 야구를 할 때는 어쩐지 엉뚱해지는 삼열이었다.

"풋!"

생각을 잠시 하는 동안에도 계속 웃음이 났다. 왠지 즐거워 지는 기분이었다.

삼열은 자신을 바라보며 웃음을 참고 있는 대광고 선수들을 보자 손에 불끈 힘이 들어갔다. 화가 났지만 자기가 저지른 일이 있으니 대놓고 화도 내지는 못했다.

'새끼들이, 아주 대놓고 비웃어라.'

삼열은 관중석에서 환하게 웃고 있는 수화를 보며 마음을 달랬다. 멀리까지 오직 자기를 보기 위해 와준 수화를 보니 기분이 좋아졌기 때문이다.

송치호는 7회까지 점수를 주지 않고 잘 버텼고 나머지 2이 닝을 삼열이 마무리하게 되었다. 삼열이 마운드에서 무시무시한 공을 뿌려대자 북일고 학생들은 공을 치지 못하고 8회를 마무리했다. 대광고는 8회에 1점을 더 내 3 대 0으로 앞서 나갔다.

북일고의 감독 남천우는 답답했다. 우승 후보인 경남고를 꺾고 올라왔다고 했을 때도 실력은 있지만 운이 좋았겠지 생각했는데, 실제로 겪어보니 그렇지 않았다. 무엇보다도 마운드가 철벽이었다.

선발로 나온 투수도 굉장한 공을 던졌고 경기 내내 이상한 짓을 해 사람들을 웃긴 마무리 투수는 더욱 빠른 공을 던졌다. 아무리 야구는 투수 놀음이라고 하지만 북일고가 이렇게 쉽게 무너질 줄은 몰랐다.

'이제 대광고는 더 이상 신생 고교가 아니군. 고교 야구의 다크호스야.'

그는 자리에서 일어나 경기가 마무리되는 것을 지켜봐야 했다.

9회 초 2사에 아웃 카운트는 이제 한 개를 남겨두고 있었다. 삼열은 자신 있게 포심 패스트볼을 뿌렸다. 그런데 공이 떠나는 순간 공이 손가락에 걸리지 않은 것이 느껴졌다. 실수였다.

따앙.

북일고의 4번 타자 강석오는 가운데로 힘없게 들어오는 공을 그대로 노려서 쳤다. 공은 그대로 빨랫줄같이 날아 담장을 넘어갔다. 아웃 카운트를 한 개 남겨두고 홈런을 허용한 삼열은 멍하니 자리에 서 있었다.

그는 주자가 베이스를 도는 모습을 보며 박수를 쳤다. 마음이 스리고 당황스러웠지만 여기서 주저앉으면 대광고에는 더 이상 던질 투수가 없다. 그래서 태연을 가장하여 박수를 친 것이다. 왼손의 글러브를 오른손으로 치면서 마음을 다잡았다.

'아웃카운트 하나만 잡으면 돼.'

삼열은 아직 2점이나 앞서가니 자신이 흔들리지만 않으면 된다고 생각했다.

투수가 점수를 주는 것을 두려워하면 정상급 투수가 될 수 없다. 승리만 하는 투수는 없기에. 그리고 홈런을 맞지 않는 투수도 없다고 생각하며 스스로 위로했지만 마치 누군가에게 뺨을 한 대 맞은 것처럼 정신이 얼얼했다.

삼열은 다시 정신을 바짝 차리고 공을 던져 마지막 타자를 잡고는 안도의 한숨을 내쉬었다. 그것은 치호의 승리를 지켜 주었다는 안도감이었다.

어차피 자신은 서울대를 갈 것이기에 이런 시합의 승패는 중요하지 않았지만, 야구 특기생으로 대학을 가야 하는 송치호에게는 8강에서 승리 투수가 되는 것이 무척이나 중요한 일이었다.

다른 사람의 인생에 소금을 뿌리지 않았다는 것에 안도감이 몰려왔다.

"와아~!"

"와~!"

대광고 선수들은 삼열이 마지막 아웃 카운트를 잡자 모두 뛰쳐나와 기쁨의 함성을 질렀다.

수고했다고 삼열에게 달려와 안기고 치고 하는데 은근히 아팠다.

삼열은 이놈의 자식들이 이 기회를 이용해서 평상시 가졌던 유감을 푸는 게 아닐까 의심스러웠지만 그 역시 무사하게 경기를 마칠 수 있어 기분은 매우 좋았다.

유승대 감독은 자리에서 벌떡 일어나 마운드에서 내려오는 선수들을 맞이했다.

어깨가 저절로 덩실거리며 춤이 나왔다. 한 번이 두 번 되고 두 번이 세 번 되어 승리를 거듭하니 그 스스로도 정신이 없었다.

"대단해."

그는 자신도 모르게 중얼거렸다. 오늘 경기는 비록 8강 시합이었지만 마치 결승전 같다는 느낌이 들었다. 그만큼 북일고를 이겼다는 것은 대광고로서는 엄청난 일이었다.

유승대 감독은 마운드에서 아이들에게 둘러싸여 있는 삼열을 묘한 눈으로 바라보았다. 2이닝에 1실점이나 했지만 이번 경기는 삼열이 덕분에 승리한 것이나 마찬가지였다.

담장을 넘어가던 홈런성 타구를 잡았고 실제로 1점짜리 홈런을 치기도 했다. 무엇보다도 그가 끈질기게 북일고 투수와 승부를 겨뤄서 게임의 흐름을 대광고로 가져왔다는 것이 중요했다.

"형, 축하해요."

삼열은 송치호의 말에 피식 웃었다. 가장 축하를 받아야 할 사람은 다름 아닌 치호였다.

전국 대회에서 1승을 거두었다는 것이 얼마나 중요한 경력이 되는지는 누구보다도 그가 더 잘 알았다. 송치호는 오늘 경기에서 그의 미래를 밝히는 1승을 거두었다.

수화는 경기가 끝나자 기뻐하는 대광고 선수들을 보며 왠지 모르게 자신도 울컥했다.

삼열이 홈런을 맞았을 때는 왜 그리 마음이 아팠는지 몰랐다. 그리고 삼열이 승리를 지키게 되자 비로소 안도하며 기뻐할 수 있었다. 마운드에서 느껴지는 긴장감이 그녀에게도 그대로 전해져서 시합을 관전하는 내내 손에 땀을 쥐고 지켜보았다.

오늘은 늦게 일어나는 바람에 경기장에 오는 것이 늦었다. 그냥 집에서 쉴까 하다가 전에 경기장을 갔을 때 아이처럼 좋아하던 삼열의 모습이 눈가에 아른거려 집에 있을 수가 없었다.

경기에 많이 늦었지만 어찌어찌해서 관중석에 들어오니 좋아하는 삼열의 모습을 보며 행복감을 느꼈다.

수화는 북일고를 응원하던 사람들의 낙담하는 모습을 보며 그냥 경기라고 생각했던 마음이 그렇지 않다는 것을 깨달았다.

시합에서 이기기 위해 노력한 사람들에게는 그것이 단순한 승패가 아니라는 것을 비로소 안 것이다.

그녀는 이런 감정이 무엇인지 정확히는 몰라도, 앞으로도 삼열과 함께할 것으로 생각하며 환하게 웃었다.

이번에도 역시 따로 간다고 하자 유승대가 잔소리를 했다. 하지만 삼열은 그런 말에 신경을 쓰는 성격이 아니어서 감독의 말을 한 귀로 듣고 한 귀로 흘렸다.

유승대도 기분 좋은 감정이 망가질까 봐 더 이상 화를 내지 않았다. 어차피 삼열은 처음부터 예외로 취급하던 괴상한 놈이니까.

삼열의 입장에서는 경기를 보러 와준 수화를 서울로 혼자 보낼 수는 없었다. 그에게 유승대 감독의 잔소리 따위는 아무것도 아니었다.

"형, 서운하네요. 같이 가면 좋은데."

"이 자식, 이 형님이 좋은 시간 좀 보내겠다는데 남자새끼가 뭔 말이 많아."

"아, 그렇죠. 하하."

말을 하던 강태식은 슬쩍 관중석을 봤다. 거기에는 정말 숨막히게 아름다운 여자가 삼열을 바라보고 있었다.

'젠장, 더럽게 부럽네.'

애인이라면 정말 부럽고, 그냥 아는 사람이라도 부러울 것 같단 생각을 하며 태식은 다른 친구들과 함께 어울려 떠들었다. 승리가 주는 뜨거운 열기는 경기가 끝난 지 한참이 지났음에도 조금도 줄어들지 않았다.


"혼자만 빠져나오느라 힘들지 않았어?"

"괜찮았어요. 멀리서 일부러 온 수화 씨를 어떻게 혼자 보내요? 저도 이렇게 하는 게 좋아요."

"정말……?"

"그럼요. 나를 보러 여기까지 와줬잖아요. 나 감격했어요."

"아하하, 미안해. 늦잠을 자는 바람에 일찍 오지는 못했어."

"왜 사과를 해요. 당연한 일인데요. 여기는 서울에서 너무 멀어요. 한두 시간 걸리는 곳도 아니고."

"응. 좀 멀기는 했어."

삼열은 수화의 손을 꼭 잡고 경기장을 빠져나왔다. 두 사람은 먼저 떠나는 대광고의 버스를 말없이 바라보다가 손을 잡고 나란히 걸었다.

"피곤하지?"

"네……?"

"난 네가 피곤해하는 줄 몰랐어. 넌 항상 강했으니까."

"강하지 않아요. 단지 어쩔 수 없으니까, 그렇게 해야 하니까 그렇게 한 것뿐이에요. 남자는 자기가 사랑하는 여자에게 약한 모습을 보이기 싫어해요."

"어머, 왜 그래야 해?"

"원래 그래요."

"아니, 왜?"

"남자는 원래 그래요."

"쳇, 내가 오늘은 맛있는 거 사줄게. 우리 애인 수고했으니까."

"수화 씨가 무슨 돈이 있다고요. 여기까지 오는 차비도 많이 들었을 텐데."

"그래도 그렇게 하고 싶어. 너에게 맛있는 거 사주려고 먹고 싶은 커피 일주일 동안이나 끊었었어."

"정말요?"

"그럼, 내가 널 그만큼 사랑하는 거야. 너, 딴 여자에게 눈길 아주아주 조금이라도 주면 알아서 해."

"하하, 그럴 리가 없잖아요."

"그런데……."

"왜요?"

"거기 안 아파?"

"어디요?"

수화가 발끝을 들고 삼열의 뒤통수를 살폈다. 거기에는 혹이 아직도 사그라지지 않고 있었다.

"아팠겠다."

"……."

"나 때문에 맞은 공이니 내가 호~ 해줄게."

"내가 애예요?"

"그래도… 피이."

수화가 귀엽게 웃었다. 삼열과 수화는 근처에 있는 갈빗집에 가서 식사했다. 아직은 저녁 시간이 되려면 멀었지만 경기가 있을 때는 점심을 제대로 먹지 못했다는 말을 지난번에 들어서였다.

저녁을 먹고 서울로 오는 기차 안에서 보는 저녁노을은 정말 아름다웠다.

수없이 많은 그림이 차창을 통해 지나가면 어둠이 하늘 위에서 세우(細雨)처럼 흘러내렸다. 붉은 노을이 어둠으로 변해가는 시간만큼 두 사람의 가슴은 따뜻하고 부드러운 행복감으로 물들어갔다.

삼열은 이렇게 수화와 이야기하는 것 자체가 매우 행복했다. 그리고 그녀의 이야기를 듣는 것도 즐거움이었다. 삼열에게 있어 수화는 세상과 처음으로 연결된 문이었다. 그녀가 있었기에 조금 더 당당하게 세상을 맞이할 수 있었다.

옆자리에는 어린 아기가 엄마의 품에 안겨 잠이 들어 있었다. 잠든 모습이 천사처럼 예뻤다.

삼열은 문득 수화와의 사이에서 아기가 생긴다면 저렇게

예쁜 딸아이가 태어나지 않을까 하는 생각을 했다. 가지런한 단발머리에 이마가 예쁘고 눈도 큰 아이였다. 깨어 있을 때도 엄마를 귀찮게 하지 않고 엄마와 이야기하는 것을 좋아하는 여자아이였다.

아이를 좋아하지 않는 삼열도 저렇게 예쁜 여자아이라면 갖고 싶은 마음이 들었다. 물론 생각으로만 했다가 지워야 하는 상상이지만, 처음으로 아기가 좋다는 생각이 들었다.

피곤해하는 수화를 위해 서울역에 내리자마자 택시를 타고 집으로 돌아왔다. 삼열은 이렇게 피곤해하면서도 먼 길을 응원 와준 수화에게 고마운 마음을 느꼈다.

수화를 집 앞까지 바래다주고 삼열은 자신의 아파트로 돌아갔다.

\*　　　　\*　　　　\*

수화가 문을 열자 엄마가 팔짱을 끼고 노려보고 있었다.

"헉, 뭐야?"

귀신처럼 소리도 없이 거실에서 수화를 기다리는 엄마의 모습은 뭔가 다른 날과 달랐다.

"너, 네가 사귀는 아이가 그 삼열이라는 아이냐?"

수화는 속으로 뜨끔했지만 아직은 밝힐 단계가 아니라고

생각했다. 왜냐하면 삼열이 아직 고등학생이었기 때문이다. 이것은 부모님에게 치명적인 요소로 작용할 것이다.

그가 휴학하지 않고 대학생이 되었다면 1년의 나이 차이는 아무것도 아니지만 지금은 아주 심각한 것이 될 수 있기 때문이다.

"어, 엄마가 삼열이를 어떻게 알아?"

수화는 자신이 지을 수 있는 가장 태연한 표정으로 엄마를 바라보았다. 가슴이 벌렁거리며 말끝이 조금 갈라져 나와 이상했지만 그래도 생각한 것보다는 아주 담담한 말투였다.

"장 여사가 너희 둘이 있는 것을 보았다고 하더구나."

장 여사라면 레스토랑을 크게 운영하는 장숙정 아줌마였다. 그 아줌마는 바로 옆 동에 살고 있으니 삼열을 아는 것이 별로 이상하지 않았다.

그 아줌마가 언제 삼열이와 함께 있는 것을 보았는지는 모르지만 수화는 태연한 어조로 말했다.

"엄마는 어떻게 생각해?"

"뭐가 말이니?"

"삼열이 말이야. 그 정도면 남자 친구로 사귀어도 되지 않을까?"

"이 계집애야, 말이 되는 소리를 해라. 걔는 아직 고등학생이야."

"하지만 엄마가 말했잖아, 천재라고. 그러니 남편감으로 괜찮지 않아?"

"어머머, 이 계집애가 못하는 소리가 없어. 너, 그 아이에게 마음 있는 거니?"

"뭐, 조금은… 키도 크고 공부도 잘하고… 그리고 돈도 많아."

"이게… 걔는 코딱지만 한 임대아파트에 사는데 무슨 돈이 있다고 하니?"

"혼자 사니까 작은 집에서 사는 거겠지. 물려받은 유산이 꽤 많은 것으로 알고 있어."

"말이 되는 소리를 해라. 네가 걔랑 사귀면 그건 범죄야, 범죄. 아직 고등학교도 졸업하지 않은 아이라는 걸 생각해야지."

장미화는 딸이 너무 태연하게 나오자 의심이 봄눈 녹듯 녹아버렸다.

하긴 아무리 생각해도 말이 되지 않는다. 명문대 2학년인 딸이 아직 학교도 졸업하지 않은 고등학생과 사귄다는 것이 말이 되지 않았다.

둘 사이가 다정하게 보였다는 장숙정의 말도 지금 생각해 보니 믿어지지 않았다.

수화가 얼마나 콧대가 높은지를 잘 알고 있기 때문이다. 그러나 한편으로는 미심쩍은 부분이 아직도 조금 남아 있어 한마디 했다.

"너 걔하고 사귀면 혼난다."

"엄마는 참나, 나를 뭐로 보고. 엄마가 말도 안 되는 소리 하면 진짜 삼열이랑 사귄다."

수화의 말에 장미화는 주먹을 불끈 쥐고 그녀의 앞에 흔들었다.

"히힛, 말이 그렇다는 거지. 나 쉴게."

장미화는 딸이 방으로 사라지는 모습을 보고 헷갈리기 시작했다. 확신하던 마음이 의심으로 변했다가 의심마저도 그럴 리가 없다는 마음으로 바뀐 것이었다.

'그럴 리가 없겠지. 미치지 않은 다음에야 쟤가 고등학생과 사귀겠어?'

수화는 자신의 방으로 들어와 떨리는 가슴을 진정시켰다. 엄마 아빠가 삼열과 사귀는 것을 알아도 그가 대학생이 된 다음이어야 했다.

다행인 것은 삼열을 어떻게 아느냐는 말을 묻지 않은 것이었다. 아마도 같은 아파트 단지에 살고 같은 학교 선후배였으니 그냥 넘긴 듯했다.

'조심해야겠어.'

그러고 보니 그동안 너무 무방비하게 돌아다녔던 것 같다.

삼열과 사귄 이후 처음으로 현실이 보이기 시작했다. 엄마도 아빠도 모두 보수적인 성격이었다. 아직은 들키지 않는 것이 좋을 듯했다.

수화는 샤워하고 침대에 누워 오늘 하루 있었던 일들을 생각했다.

행복했다.

아침에 일어나 잠시 갈등했었지만 그래도 가야 한다고 생각했다. 다른 날도 아니고 애인이 경기하는 날인데 모른 체하기에는 마음이 무척 불편했다.

결국 조금 무리해서 갔던 경기장에서 자신을 보고 기뻐하던 삼열의 모습을 보니 잘했다는 생각이 들었다.

"푸읏."

삼열이 자신과 이야기를 하다가 야구공에 맞은 장면을 생각하니 웃음이 절로 났다.

삼열이 위기를 자신의 실력으로 해결한 것도 그녀를 즐겁게 했다. 자신과 이야기하다가 상대 팀에게 점수라도 내주게 되었다면 마음이 불편했을 것이다.

"귀여워. 깨물어주고 싶어."

수화는 그의 품에 안기고 싶어졌지만 늦은 시간이라 삼열에게 갈 수 없었다.

안 그래도 자신을 보는 엄마의 눈초리가 예전 같지 않은 것을 느꼈다. 마치 수상한 무엇인가를 밝혀내고야 말겠다는 탐정과도 같은 눈빛이었다.

수화는 불을 끄고 눈을 감자 개구쟁이 같은 삼열의 얼굴이 떠올랐다. 그러자 그녀는 자신도 모르게 입가에 미소를 지었다.

삼열은 샤워하고 몸이 뜨거워졌다. 그러자 수화와 함께하고 싶은 마음이 간절하게 들었다. 언제쯤같이 살게 될까 하는 생각을 하며 거울을 바라보았다.

거울에 비친 얼굴은 예전과 다르게 부드러워졌고 입가에는 작은 미소마저 걸려 있다. 거울 속에 비친 모습은 분명 예전의 그가 아니었다.

'졸업하자마자 수화 씨와 결혼해서 같이 미국에 가는 거야. 아기도 일찍 낳고 알콩달콩 살아야지. 그리고 나는 메이저리그를 점령하고. 동양인 최초의 사이영상을 받고 월드 시리즈도 제패하고… 사이 영이나 월트 존슨을 능가하는 투수가 되어야지.'

여기까지 생각이 미치자 몸이 저절로 반응했다. 삼열은 러닝머신 위에서 뛰고 또 뛰었다. 몸을 극한까지 학대하는 수련을 여전히 멈추지 않았고 또한 손가락과 손목의 악력을 키워나가는 훈련도 병행했다.

　　　　　*　　　　　*　　　　　*

　다음 날은 수화가 친구랑 약속이 있다고 해서 삼열은 하루 종일 집에서 연습했다. 육체가 업그레이드된 이후에 하는 훈련은 예전에 비해 쉬워졌다.

　월요일, 삼열이 학교에 갔더니 난리가 났다. 북일고를 꺾은 것은 굉장한 뉴스거리였다. 그런데 승리 투수가 된 송치호보다 삼열의 인기가 더 좋았다. 누군가 올린 경기 후일담이 재미있었던 탓이다.

　그 이야기가 SNS를 타고 퍼진 것은 정말 순식간이었다. 어디서 구했는지 삼열이 야구공에 맞는 모습, 그리고 엎어진 장면, 3루로 뛰는 주자를 잡았다는 이야기가 아주 드라마틱하게 서술되어 있었다.

　"형, 팬 카페도 생겼어요."

　"뭐?"

　"오빠, 너무 멋지게 나왔던데요."

　"너도 봤어?"

　"네, 우리 반 아이들은 다 봤을걸요."

　"그래……?"

　삼열은 왠지 이상한 느낌이 들었지만 그런가 보다 하고 넘졌다. 남들이 자신을 흠모하고 좋아한다는데 말릴 생각은 없다. 그런데도 뭔가 이상했다.

"야, 거기 사이트 뭐야?"

"나도 카페에 가입했어요. 보여드려요?"

철민이 스마트폰으로 삼열의 팬 카페를 보여줬다. 역시나 그 이상야릇하고 불길한 예감은 어김없이 적중했다.

'야구 대마왕을 사랑하는 사람들의 모임'. 다른 이름은 '얍삽한 황제의 추종자들'이었다. 이건 없는 것보다 못한 카페였다. 그러나 자료만큼은 상당히 많았다.

게다가 '우리의 마왕님께서 퍼펙트게임을 하신 날'의 기록게시판은 수많은 사진과 이야기들로 도배되어 있었다. 카페가 개설된 지 4일 만에 벌써 회원이 3천 명이 넘었다.

거기에는 야구를 좋아하는 사람들과 삼열의 괴벽을 좋아하는 사람들이 모두 모여 있었다. 다른 말로, 온갖 종류의 사람들이 다 모인 카페였다.

삼열이 퍼펙트게임을 하고 환호하는 모습, 투구하는 모습들이 찍힌 사진들이 무척이나 멋지게 올라와 있었다. 또 삼열이 야구하는 모습을 그림으로 그려서 올린 사람까지 있었다.


삼열은 점심을 먹자마자 운동장에 나와 연습을 하기 시작했다.

이날 여학생들에게 받은 팬레터와 선물은 어마어마했다. 직접 고백한 여학생도 두 명이나 되었다. 삼열로서는 어안이 벙벙할 뿐이었다.

저녁에는 스콧제임스에게서 연락이 왔다.

촬영이 끝났고 후반기에 다시 시간을 내어 한국을 방문하겠다는 이야기였다.

아마도 주말에만 경기하니 촬영하는 분량에 비해 체류하는 기간이 길어져 일단 돌아간 것 같았다. 후반기에 대광고가 청룡기 전국 대회에 출전하면 그때 못 찍은 내용을 찍을 심산이리라.

그리고 삼열은 수화에게 전화가 와서 밖에서 저녁을 먹었다. 집 근처에 싸고 맛있는 집이 많은데도 먼 곳을 고집하는 수화를 보며 이상한 생각이 들긴 했지만 그냥 그렇게 하자고 했다.

스테이크 하우스에서 티본스테이크와 파스타를 먹으며 삼열은 새삼스레 미카엘이 생각났다.

부모님이 물려주신 유산은 모두 작은아버지가 훔쳐 갔고 남은 것은 부모님의 이름으로 나오는, 한 달에 100만 원이 조금 넘는 연금뿐이었다.

이는 아파트 관리비와 생활비로 쓰는 데는 부족하지 않았지만 이렇게 근사한 곳에서 외식을 할 수 있을 정도의 돈은 아니었다.

운동하면서 식비가 예전보다 네 배나 들었고 야구 물품에 들어가는 돈도 적지 않았다.

미카엘이 자신의 생명을 구해준 대가로 준 돈은 대학 등록 금은 물론 결혼해서 살 집을 얻고도 남았다.

"무슨 생각해?"

"아, 아니에요. 그런데 수화 씨, 피곤하지 않아요?"

"나 연약하지 않아. 어머, 내가 무슨 말을 한 거지? 나 아주 연약해. 바람 불면 날아갈 정도로 약해."

삼열은 수화의 말에 피식 웃음이 터졌다. 연약하기는 개뿔 이, 예전에 삼열의 병이 낫기 전에 처음 데이트를 했을 때 만 난 양아치를 순식간에 해결한 사람이 수화였다.

"너 안 믿는 거지?"

"아, 아뇨. 믿어요. 진짜로 믿어요."

삼열은 수화의 표정에 움찔 놀라서 재빨리 대답했지만 표 정은 절대 믿는 표정은 아니었다. 그러나 수화는 삼열의 표정 보다는 그가 한 말을 듣고는 불끈 쥔 주먹을 풀었다.

삼열은 지난 시간들을 생각하자 가슴이 따뜻해졌다. 그래 서 수화의 손을 잡고 만지작거렸다.

"왜 그래. 사람들 보잖아."

"뭐 어때요. 내 여자 손을 내가 좀 만진다는데 누가 뭐라고 하겠어요."

"그, 그래도……."

수화는 삼열이 내 여자라고 말하자 기분이 좋아졌다.

수화는 삼열의 이런 구속이 은근히 좋았다. 광적이고 편집
증적인 그런 것이 아닌, 사랑하니까 구속하는 것은 여자에게
행복감을 주곤 한다. 그것은 둘 사이가 특별한 관계가 되었다
는 정신적 안도감 같은 것이다.

"우리 언제 결혼할까요?"

"결혼?"

수화는 삼열의 말에 가슴이 뜨끔했다.

그러고 보니 삼열은 메이저리그에 진출하면 미국으로 갈 것
이다. 둘은 결혼하기에는 너무 이른 나이였지만 그렇다고 삼
열과 떨어져 지내는 것도 싫었다. 그리고 그녀는 결혼하자는
삼열의 말이 싫지도 않았다.

비록 청혼한 것은 아니었지만 삼열이 자신을 가볍게 생각하
고 있지 않다는 것이니까.

"겨, 결혼?"

"네, 아마 메이저리그 진출하면 우리 떨어져 있어야 하잖아
요. 나는 수화 씨와 떨어져서는 못 살 것 같아요."

"정말?"

"네."

수화는 삼열의 말에 미소를 지었다.

생각해 보니 자신도 삼열과 떨어져서는 살 수 없을 것 같았다. 그와 지내는 시간이 너무나 좋았다.

이야기를 나누는 것도, 같이 거리를 걷는 것도, 손을 잡고 영화를 보는 것도 좋았다. 그리고 삼열이와 같이 밤을 보내는 것은 더 좋았다.

어디 가서 이런 남자를 다시 만날 수 있을까. 자신의 미모나 집안의 배경을 생각하면 제법 괜찮은 남자를 만날 수 있겠지만 단언하건대 삼열이만 한 남자는 없을 것이다.

'삼열은 너무 짜릿한 남자야. 그와 결혼하지 않는 것은 바보 같은 짓이야. 내가 그와 헤어진다면 그와 만나는 여자는 완전 봉을 잡는 거니까. 남 좋은 일은 절대로 안 돼.'

이런 생각이 들자 결혼에 대해서 긍정적으로 생각할 수밖에 없다.

하지만 결혼은 장난이 아니다.

부모님은 반대할 것이 틀림없다. 특히 아빠는 자신을 너무 사랑하지만 엄격한 편이었기에 더욱 조심스러웠다.

'쉽지 않겠지만, 그렇다고 삼열이와 헤어질 수는 없어.'

수화는 삼열의 넓은 어깨를 보자 몸이 달아올랐다. 그리고 다시 한 번 남 좋은 일을 시켜줄 수 없다고 생각하며 주먹을 꽉 쥐었다.

"얼마나 원해?"

"네……?"

"흥, 너 또 내 앞에서 딴생각했지?"

"그럴 리가 없죠. 아주 많이 원해요, 죽을 만큼……."

"죽을 만큼?"

수화는 삼열의 말에 활짝 웃었다. 그러면서 그녀는 어떻게 부모님을 설득할까를 생각했다.

두 사람이 레스토랑을 나오자 거리에는 추적추적 비가 내리고 있었다.

우산을 가져오지 않은 두 사람은 할 수 없이 레스토랑에서 비가 그치기를 기다렸다. 하지만 시간이 지나도 그럴 기미가 보이지 않자 삼열이 근처 편의점으로 뛰어가 우산을 사 왔다.

둘은 손을 잡고 택시를 기다렸다. 택시를 기다리는 사이에도 비는 계속 내렸다. 쏟아지는 비를 사람들이 맞으며 뛰어다니고 있었다.

5월의 날씨치고는 무척이나 음울한 날이었다.


창문 밖에는 검게 물든 하늘이 울음을 토하듯 비를 뿌리고 있었다.

가끔가다가 번개가 번쩍이며 창문을 때리며 지나갔다. 두 사람은 서로의 눈을 마주 보며 행복의 여운을 느끼고 있을 때 수화의 전화기가 지잉 하고 울었다.

수화는 조심스럽게 전화를 받았다.

"응, 엄마. 응, 우산 있어. 그래, 좀 이따가 들어갈게. 걱정하지 마, 누가 날 어떻게 해? 나, 무공의 고수잖아."

수화는 은근히 삼열의 눈치를 살피며 말했다. 몇 시간 전에 자신은 연약한 여자여서 바람만 불어도 날아간다고 했던 입으로 지금은 전혀 다른 말을 하였다.

전화를 끊고 수화는 조신한 표정으로 삼열의 품에 안겨왔다.

"엄마가 조심해서 오라네."

"수화 씨가 예쁘니까 걱정이 돼서 그러신 거죠."

"내가 예뻐?"

"그럼요. 처음 봤을 때부터 너무나 예뻐서 반할 수밖에 없었어요."

"정말, 정말?"

수화는 신이 나서 삼열이의 말에 재차 대답을 요구하였다.

"그럼요. 처음 수화 씨가 말을 걸어왔을 때 심장이 쿵 하고 떨어지는 줄 알았다니까요."

"아하~ 그랬구나. 난 나만 그런 줄 알았는데."

"네?"

"아니, 나만 너를 좋아하는 줄 알았다고."

"그럼 나를 좋아해서 말을 건 거예요?"

"흥, 그럼 뭔 줄 알았어?"

"그냥 제가 특이해서 말을 건 줄 알았죠."

"솔직히 그런 점도 있었어."

"……."

삼열은 말없이 수화를 꼭 끌어안았다.

삼열은 바래다주려고 했지만 수화가 한사코 거부하는 바람에 엘리베이터 앞까지만 마중하고는 집으로 돌아왔다.

수화는 요즘 엄마가 도끼눈을 뜨고 자신을 살펴보기에 조심해야 했다. 그래서 가능한 한 아파트 주위에서는 삼열과 만나지 않으려고 했다.

쏟아지는 비를 뚫고 수화는 집으로 달렸다.

가끔 번개가 번쩍일 때면 간이 큰 그녀조차 무서움을 느끼곤 했다.

'엄마야!'

수화는 번개처럼 몸을 날려 자신의 아파트에 도착했다. 불과 3분도 안 되는 거리였지만 번쩍이는 번개 사이에 흔들리는 나무들의 모습이 무척이나 괴기스러웠다.

\*　　　　\*　　　　\*

다음 날 삼열은 일찍 일어났다. 어제 마구 퍼붓던 비가 그치자 거리는 아주 깨끗해져 있었다. 더 싱싱해진 나무들과 맑게 갠 하늘을 보자니 언제 비가 왔고 그렇게 요란한 천둥과 번개가 쳤는지 믿을 수 없을 정도였다.

삼열은 한 달 전부터 오전 수업에 참석했다. 수능 준비를 하려면 아무래도 오전에 수업을 듣는 것이 나을 것 같았기 때문이다.

물론 수업에 참석해도 그는 따로 수능 공부를 했지만, 그래도 수업에 참가하는 모습이 학생들의 눈에는 신기하게 보였다.

삼열은 점심을 먹고 운동장에서 훈련하는데 예쁘장한 후배가 찾아왔다. 전에 한번 왔었던 수애였다.

"저… 이거요, 오빠."

"응? 아, 나 주는 거야?"

"네……."

"고마워."

삼열은 부끄러워하며 슬며시 내미는 수애의 선물을 받았다.

"뜯어보세요."

"아, 어."

삼열은 선물을 교실의 한쪽 구석에 쌓아두려고 했으나 눈앞에서 선물을 준 여학생이 열어보라고 하니 어쩔 도리가 없었다.

포장을 뜯고 보니 여러 장의 예쁜 수건이 있었다. 아마도 연습을 할 때 땀을 닦으라는 의미 같았다.

"아, 고마워."

"아, 네… 그리고요, 저 오빠 좋아해요."

"응?"

삼열은 여학생의 표정이 너무 진지해 보여 사실을 말해 줘야 할 것 같았다.

"나 사실 여자 친구 있어."

"아……."

수애는 삼열의 말에 약간 당황했지만 이내 정신을 다잡았다.

"물론 있겠죠. 오빠처럼 멋진 분이 여자 친구가 없는 게 오히려 말이 안 되죠. 하지만 저는 충분히 기다릴 수 있어요."

삼열은 눈앞의 어린 소녀가 하는 말을 듣고 기가 막혔다. 자신이 말한 것은 애인, 더구나 부부나 마찬가지 사이이다.

그런데 이 작은 소녀는 삼열이 말하는 여자 친구가 그냥 건전한 이성교제 정도로 생각하는 듯했다.

"전 오빠의 팬으로서 오빠가 잘되기를 바라요. 하지만 언젠가 오빠의 옆자리에는 제가 있을 거예요."

"그러지 않아도 되는데."

"아니에요. 전 기다릴 거예요."

얼굴을 붉히며 수애가 총총걸음으로 사라졌다. 수애는 전형적인 미인상은 아니지만 굉장히 매력적인 얼굴이었다.

'하아~ 나 참, 어린애한테 미주알고주알 다 까발려서 말할 수도 없고. 미치겠네……'

삼열은 순진해 보였던 수애의 얼굴을 생각하자 미안한 마음이 들었다. 그리고 이런 일을 혹시라도 수화의 귀에 들어가면 곤란한 일이 벌어질 것 같아 빨리 자수를 해야겠다고 생각했다.

원래 남녀 간에는 아주 사소한 것에서 오해가 생기는 법이다. 오해가 생기면 죽고 못 사는 뜨거웠던 사랑도 순식간에 차갑게 식고 만다.

경험에서는 몰라도 그동안 읽은 심리학책이 워낙 많아 삼열은 이론에는 빠삭하였다.

게다가 그의 뒷머리를 당기는 위험 신호가 너무나 분명했기에 삼열은 저녁에 수화를 만나자마자 고백을 해버렸다.

"음, 그러니까 지금까지 여학생들이 준 선물과 팬레터를 학교에 쌓아놨다고?"

"네, 그런데 오늘 어떤 여학생이 팬이라면서 고백을 해서 수화 씨에게 말하는 거예요."

수화는 삼열의 말을 듣고 심각한 표정을 지었다. 바로 저렇게 신경을 쓸까 봐 말을 안 했던 것인데 수애에 대해서는 말하지 않을 수가 없었다. 그 소녀는 단순한 팬이 아니었기 때문이다.

"그러니까 여자 친구가 있다고 하는데도 안 물러났다는 말이지?"

"네, 그러니까 앞으로 이런 일로 오해는 하지 마세요."

"알았어."

수화는 말로는 알았다고 대답했지만 속으로는 큰일이 났다고 생각했다.

삼열이 아직 프로 선수가 되지도 않았는데도 이렇게 여자들이 꼬이는데 메이저리그에 진출한다면 얼마나 많은 여자가 주위에 몰려들까 생각하니 은근히 걱정되었다.

그렇다고 그에게 미국에 가지 말라고 할 수도 없다. 삼열이 얼마나 메이저리그를 가고 싶어 하는지를 너무나 잘 알고 있기 때문이다.

그리고 여자라고 어찌 한 입으로 두말을 한단 말인가. 예전에 자신이 원하지 않으면 가지 않겠다고 삼열이 말했을 때 펄쩍 뛰면서 자신은 절대 남자의 앞길을 막는 그런 여자가 아니라고 온갖 폼까지 재면서 말하지 않았는가.

'빨리 결혼하는 수밖에 없어.'

생각은 이렇게 해도 아직은 어린 나이가 마음에 걸렸다. 적어도 대학은 한국에서 졸업하고 싶은 게 그녀의 솔직한 욕심이었다.

삼열의 자수로 수화는 그를 더 믿게 되었지만 한편으로 걱정하지 않을 수 없게 되었다. 하여튼 남자든 여자든 너무 잘나면 문제가 된다.

삼열은 잘생긴 얼굴은 아니지만 콩깍지가 쓰인 수화의 눈에는 너무나 멋지고 근사하게 보였다. 게다가 능력까지 좋으니 마음이 갈수록 불안했다.

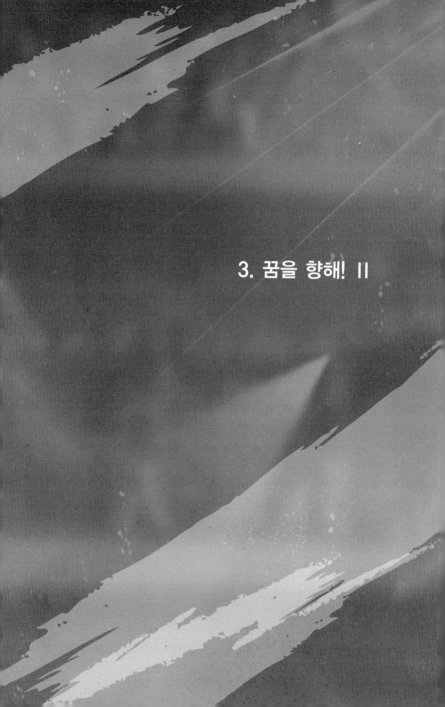

# 3. 꿈을 향해! II

MLB
메이저리그

주말에는 여지없이 황금 사자기 전국 대회가 열렸다.

이번 경기에서는 삼열이 선발로 등판하여 1실점으로 완투를 했지만 패전 투수가 되고 말았다.

삼열이 퍼펙트게임을 달성한 날처럼 전력투구하지 않은 탓도 있었지만 대광고 타자들의 물방망이가 문제였다.

시합에서 패한 후에 유승대 감독은 투수진이 약했을 때는 타격이 강해 보였던 것이 착시 효과의 하나였다는 것을 알게 되었다. 투수가 공을 잘 던지면 점수를 안 주겠지만 그렇다고 이길 수는 없다. 공격진이 이대로라면 후반기 성적도 마찬가지일 것이 뻔했다.

물론 이번 황금 사자기 전국 대회에서 4강에 들었으니 이는 매우 만족할 만한 성적이었다. 이 정도 성적이면 3학년의 진학률은 작년과 달리 비약적으로 높아질 것이다.

하지만 유승대 감독은 투수진이 강해진 올해 더 좋은 성적을 거두고 싶어졌다.

'문제는 타자들이군.'

비록 패전 투수가 되었지만 삼열은 9이닝 1실점에 삼진을 열네 개나 잡았다. 이 정도의 성적이면 선발투수가 할 수 있는 역할을 120% 달성한 것이다. 승리하지 못한 것이 이상할 정도로 호투하였다.

시합에서 패한 후 대광고 선수들은 오랜만에 자유로운 시간을 가지게 되었지만 그렇다고 누구 하나 그 시간을 헛되이 보내지 않았다.

삼열은 패배한 후에 더 미친 듯이 공을 던졌고 이는 다른 선수들에게 영향을 미쳤다.

'슬라이더나 커터 중 하나만 더 완벽하게 익혔으면 좀 더 수월하게 경기를 치렀을 거야.'

삼열은 오랜만에 강한 승부욕에 사로잡혀 미친놈처럼 운동장을 뛰고 공을 던졌다. 심재명이 공을 받아주느라 비명을 질렀지만 삼열은 들은 체도 안 하고 끊임없이 공을 던졌다.

지금은 강속구 때문에 타자들이 잘 치지 못하지만 프로에 가면 이야기를 달라진다. 특히나 메이저리그에는 강속구 투수들이 많다는 것을 잘 알고 있다.

아무리 공이 빨라도 구질이 단조롭거나 제구가 안 된다면 메이저리그에서는 살아남지 못한다. 고교 야구에서조차도 실투를 놓치지 않고 치는 선수들이 있는데 프로라면 더 말할 나위가 없다.

'꿈을 위해 나아가자.'

삼열은 그늘진 곳에서 잠시 쉬면서 스캇제임스가 가르쳐준 커터에 대해 생각했다. 이제는 감이 왔다. 손끝에 느껴지는 감각은 어떻게 던져야 공이 변하는지 아주 조금은 이해가 되었다.

한 가지의 구질을 자신의 것으로 만드는 것은 정말 오랜 시간과 정성을 들여야 한다. 그렇게 투자한다고 하더라도 물론 성공한다는 보장은 없다. 다만 삼열은 자신에게 남들보다 뛰어난 신체적 능력이 있는 것을 큰 위안으로 삼았다.

삼열은 그렉 매덕스의 다양한 구질과 제구력을, 사이 영에게서는 효율성과 강속구를 본받고 싶었다.

현대 야구는 철저하게 분업화되어 선발투수가 7이닝까지만 책임지면 된다. 그래서 완투를 하는 투수는 좀처럼 보기 힘들다. 이는 그만큼 타자의 타격 능력이 좋다는 의미다.

이제 메이저리그에서 511승에 749경기 완투와 같은 사이 영의 대기록은 절대로 나올 수 없다. 300승 이상을 한 투수를 찾아보기 힘든데 완투 100경기는 더 말할 나위도 없다. 삼열은 주먹을 불끈 쥐었다.

'난 월터 존슨보다 더 위대한 투수가 될 거야. 그러기 위해 타격에 시간을 낭비하기보다는 더욱 투구에 전력을 집중해야 해. 난 제법 성적을 내고 있지만 동생들과는 목표가 다르니 여기서 만족하면 안 돼.'

삼열은 다시 공을 던지기 시작했다. 심재명 포수가 지치면 피칭 타깃을 세워두고 혼자 던졌다.

어깨를 무리해도 다른 투수들처럼 망가질 것을 걱정하지 않았다. 가능한 조심하지만 자고 일어나면 부상이 완치되는 것을 믿고 더욱 혹독하게 훈련했다.

후반기에 치러지는 청룡기 전국 대회가 두 달밖에 남지 않았다. 이 시합에서 두각을 나타내야 메이저리그에서 좋은 조건의 오퍼가 올 것이다. 물론 샘슨사의 스콧제임스가 알아서 메이저리그의 구단과 협상을 하겠지만 자신은 이곳에서 최고의 성적을 내야 한다.

\*       \*       \*

황금 사자기 경기가 끝난 지 얼마 안 돼 다시 주말 리그가 시작되었다. 한 주에 한 경기를 치르기에 시간적인 여유는 있었지만 일정은 더 퍽퍽해졌다.

학교에서 일주일 내내 수업과 훈련을 병행하고, 다시 주말에 경기를 치르는 식으로 여름방학까지 해야 한다. 차라리 옛날처럼 한 번에 몰아서 2, 3주 경기를 하고 나머지 시간에 쉬면서 훈련하는 것이 오히려 여유가 있다.

삼열에게 있어 경쟁은 자기 자신과의 싸움이었다. 고교 야구에서 150㎞/h가 넘는 공을 던지는 투수가 거의 없는 상황에서 제대로 된 라이벌이 있을 리가 없다.

삼열은 가끔 자신에게 훌륭한 경쟁자가 있었으면 어떨까 하고 생각했다. 경쟁자가 있다고 해도 지금보다 더 많은 연습을 할 수는 없겠지만, 그래도 지금보다는 의욕적으로 변할 것이라고 생각했다.

인간은 경쟁이 없으면 교만해지기 쉽다. 삼열은 단지 그것이 두려울 뿐이었다. 삼열은 야구를 시작한 지 1년 만에 벌써부터 고교 야구의 최고 투수로 취급받는다.

주말 리그에서 좋은 성적을 거둔 대광고는 쉽게 청룡기 전국 대회에 진출할 수 있었다.

청룡기 전국 대회를 며칠 앞두고 유승대 감독은 고민하기 시작했다. 이번 대회에서 좋은 성적을 거두어야 야구부원들의 대학 진학률이 올라간다.

치호와 삼열이 졸업하면 내년에는 다시 별 볼 일 없는 야구부로 되돌아가게 된다. 이런 생각을 하자 절로 한숨이 나왔다.

그는 삼열과 같은 카리스마를 가진 연습벌레가 대광고에서 다시는 나올 수 없다는 것을 너무나 잘 알고 있다. 인간이라면 삼열처럼 할 수는 없다고 생각한 적이 한두 번이 아니었다.

"하아~ 힘들군."

유승대는 나지막하게 한숨을 쉬며 이번 청룡기 대회에서 반드시 좋은 성적을 거두어야 한다는 압박감에 사로잡혔다.

'우승을 할 수만 있다면 필시 좋은 학생들이 지원할 것이야.'

우승만이 야구부를 존속시키고 나아가 자신의 입지를 높여줄 것이다. 또한 청룡기 전국 대회에서 4강 안에만 들어도 자신의 주머니는 두둑해질 것이다.

"젠장, 굴리는 수밖에 없군."

유승대는 주말 리그에 참여하면서도 타격 특훈을 대대적으로 실시하였다. 때문에 왕중왕전이 벌어지는 일주일 전까지 타자들은 죽을 만큼 많은 훈련을 소화해야 했다.

2주 동안 삼열과 송치호는 선수들을 위해 직접 피칭 도우미 역할을 했다.

전력투구의 70%의 힘으로 타자들에게 공을 던졌고 마지막에는 90%의 힘으로 던지기도 했다. 여전히 타자들은 두 사람의 공을 잘 치지는 못했지만 빠른 공에 제법 많이 적응했다.

삼열은 타자들을 상대로 피칭을 하면서 자신의 구질을 좀더 정교하게 다듬었다. 특히나 포심, 투심 패스트볼, 커브와 함께 컷 패스트볼을 던져 감을 익혔다.

커터는 아직은 불완전한 공이지만 워낙 짧은 시간에 많이 던졌기에 한 이닝에 한두 개는 던질 수 있을 정도가 되었다. 특히나 무지막지한 손가락 악력 훈련으로 인해 삼열의 공은 더 위력적으로 변해갔다.

미카엘이 주고 간 신성석이 아니었다면 고통을 수반하는 훈련 방법으로 인해 그의 몸은 예전에 망가져 버리고 말았을 것이다.

이제야 삼열은 왜 미카엘이 한 번에 병을 고쳐 주지 않았는지 이해가 되었다. 이렇게 자신의 신체의 한계를 극복해 가는 과정으로 병이 치유된다면 신체능력은 더 높은 단계로 올라갈 수 있을 것이다.

청룡기 전국 대회에 합류한 첫날 대광고는 울산 공고를 4 대 0으로 완파했다. 송치호가 7이닝을 던지고 무실점을 기록했고 삼열이 2이닝을 마무리하였다.

16강에 오른 날에는 삼열이 열일곱 개의 삼진을 잡으며 완봉승을 거두었다. 그리고 8강에서 다시 송치호가 7이닝을 1실점으로 던져 부산고를 3 대 1로 이겼다.

승승장구.

대광고는 파죽지세의 기세로 나아갔다. 그런데도 삼열은 뛰고 또 뛰었다.

삼열은 뜨겁게 내리쬐는 햇볕을 맞으며 땀을 흘리며 운동장을 돌았다. 땀이 흘러 옷이 눅눅해져 뛰기가 힘들 지경이 되고 다시 흘러내린 땀이 마를 때까지 뛰고 또 뛰었다.

"저 형은 전생에 아마 말이었을 거야."

"너 오래간만에 맞는 말 했다."

"두 시간 동안이나 매일같이 저렇게 뛰다니. 인간이 아니야, 인간이."

대광고 선수들은 30분 만에 러닝을 포기하고 쉬는 시간에 잡담을 나눴다.

"우리 학교가 우승할 수 있을까?"

"삼열이 형하고 치호가 있으니 아마도 가능할 것 같긴 해. 타격이 문제지만."

조영록과 남우열이 이야기하면서 질린 표정으로 삼열을 바라보았다. 그때까지 삼열은 운동장을 계속 뛰고 있었다.

"저 괴물이 건재하는 한 우리는 언제든지 이길 수 있어."

"맞다. 네 말이 정답이야!"

남우열이 고개까지 끄덕이며 조영록의 말에 동조하였다.

대광고의 타자들도 요즘 자신감이 생겼다. 계속된 승리가 자신감을 고취하였고, 또 치호와 삼열이 연습 상대가 되어주니 상대 투수들의 공이 그다지 위력적으로 보이지 않았던 탓이다.

물론 타자가 빠른 공에 적응되었다고 다 되는 것이 아니다. 타자는 투수와의 타이밍 싸움에서 이겨야 한다. 어떤 타자라도 자신이 노리는 공이 아니면 안타를 만들기 쉽지 않기 때문이다. 따라서 훌륭한 타자는 투수가 던질 다음 공의 구질이 무엇인지 잘 파악해야 한다.

대광고는 하루 쉬고 바로 다음 날 4강 경기를 해야 했다. 대광고뿐만 아니라 이번 대회에 참가하는 모든 학교가 이렇게 빠듯한 일정을 소화해야 한다. 따라서 부상자가 발생하거나 후보 선수가 좋지 못한 학교는 그만큼 어려운 경기를 하게 된다.

4강 경기는 대광고의 학생들도 많이 와서 응원했다. 방학이고 전국 대회가 열리는 장소가 가까운 목동 야구장이라 학생들이 쉽게 올 수 있었다. 오늘은 삼열을 좋아하는 여학생 팬들도 야구장을 찾아와 응원하였다.

삼열은 두 시간 전에 목동 야구장에 도착하여 몸을 풀었다. 가볍게 운동장을 돌고는 곧바로 피칭 연습을 했다. 맑은 하늘만큼이나 컨디션이 좋았다.

"아자, 아자, 파이팅!"

삼열은 가볍게 호흡을 했다. 이제 30분 뒤면 경기가 시작된다. 샘슨사에서 다시 아서 스펜서를 보내 지난 16강부터 경기를 촬영하고 있었다. 그는 삼열의 경기뿐만 아니라 다른 학교의 유망주의 경기도 촬영하였다. 아마도 일타쌍피를 노리는 듯했다.

"형, 어때요?"

8강전을 포함하여 이미 2승을 챙긴 치호가 삼열에게 다가와 컨디션을 물었다.

"좋아, 하늘을 날아도 될 정도로."

송치호는 삼열의 허풍에 빙그레 웃었다. 그는 삼열의 강철 고무어깨에 부러움을 느꼈다.

삼열은 던졌다 하면 완투를 하는데 자신은 7이닝 이상을 끌고 가기가 힘들었다. 공이 100개를 넘어가면 힘이 빠져 상대 타자에게 맥없이 당하곤 했다.

"형의 그 강한 어깨가 부러워요."

"너도 하루에 두 시간씩 꾸준하게 운동을 하면 돼."

"어깨 강화 훈련만… 두 시간요?"

"그래."

송치호는 혹시나 하는 생각으로 물었다가 뜨악한 표정을 지었다.

"말도 안 돼요. 그걸 두 시간씩이나 해왔다는 말이에요?"

"뼈가 굳지 않았을 때 조심스럽게 어깨 강화 운동을 해줘야 해. 그러니 지금 해주는 것이 좋지. 단, 무리하면 절대로 안 돼."

"그야 그렇죠. 무리하면 어깨가 망가지겠죠."

송치호가 삼열의 말에 고개를 끄덕이며 동조했다. 삼열은 그런 그를 보며 미소를 지었다.

"그래, 운동은 습관이 돼야 해. 하루라도 거르면 몸이 먼저 아니까."

송치호는 삼열의 말에 고개를 설레설레 흔들었다. 그는 삼열이 얼마나 연습벌레인지 잘 알고 있다. 그러나 학교에서 하는 연습 분량도 엄청난데 집에 가서 따로 또 훈련을 한다니 믿을 수가 없었다.

'괴물.'

송치호는 삼열을 보며 몸을 부르르 떨었다. 삼열은 괴물 그 자체다. 인간이라면 절대로 그렇게 할 수 없다.

치호는 삼열의 연습량을 따라 해본 적이 있었다. 하루 따라 했다가 바로 포기했다. 다음 날 몸살과 근육통 때문에 도저히 움직일 수가 없었던 것이다.

마침내 경기가 시작되었다.

양쪽 학교에서 학생들이 나와 응원을 했다. 상대는 인천의 제물포고였다.

수화는 오늘도 일찍 경기장에 도착하여 자리를 잡았다. 역시나 수화가 관중석에 나타나자 남자들이 그녀를 훔쳐보기 바빴다. 그중에 용감한 사람 몇이 말을 걸어왔지만 수화는 미소 지으며 가볍게 그들을 무시했다.

'저 사람인가 보구나.'

지난 황금 사자기 전국 대회에서는 경황이 없어 삼열을 촬영하는 아서 스펜서를 눈여겨보지 않았는데, 이제는 시합을 따라 다닌 지 꽤 되다 보니 주변의 상황이 한눈에 들어왔다.

아서 스펜서는 관중석에서 조금 떨어진 곳에 자리를 잡고 카메라를 고정시키고는 주변을 둘러보다가 수화와 눈이 마주쳤다.

'저 여자는 몇 달 전에 보았던 그녀군.'

그는 수화의 옷차림을 보고는 그녀가 스포츠 경기를 즐기는 여성이 아닌 것을 쉽게 눈치챘다.

대체로 스포츠를 좋아하는 여성은 응원하기 편한 복장을 선호한다. 그런데 수화는 화사한 원피스에 예쁜 모자까지 챙겨왔다. 이러면 시합보다는 경기에 참석하는 사람을 보러 온 경우가 대부분이었다.

'뭐, 나와는 관계가 없지.'

그는 막 시합이 시작되는 경기장으로 눈을 돌렸다. 4일 전의 경기에서 아서 스펜서는 삼열의 놀라운 투구를 지켜보았다.

불과 몇 달 만에 삼열은 눈부시게 발전해 있었다. 구속은 변함이 없었는데 구질이 더 좋아진 것이다. 직구는 더 묵직해졌고 변화구는 더 날카로워졌다.

제구력은 원래부터 좋았지만 이제는 그때보다도 더욱 좋아졌다. 타자들이 스트라이크와 볼을 구별하지 못할 정도로 절묘하게 던졌다.

'자, 영웅의 투구를 촬영해 볼까.'

그는 마운드에서 공을 던지며 몸을 풀고 있는 삼열에게 집중하기 시작했다.

제물포고는 재작년에 청룡기 전국 대회에서 준우승을 한 전력이 있다. 이 학교의 특징은 투타가 안정되어 있다는 것. 결승전에 진출했을 당시에는 완봉승으로 올라갔을 정도로 투수진이 좋았는데 올해의 투수진도 여전히 위력적이었다.

삼열은 마운드에서 상대 팀의 1번 타자를 바라보았다. 한껏 웅크린 타격폼으로 보아 단타를 잘 치는 선수 같았다. 게다가 플레이트 앞쪽으로 바짝 붙어 있었는데 이렇게 하면 투수는 몸쪽 공을 던지기 힘들어지고 타자는 바깥쪽 볼에 대한 대처가 쉬워진다.

'선수 생활 그만하고 싶은가?'

삼열은 몸쪽으로 포심 패스트볼을 던졌다. 타자가 움찔 놀라며 뒤로 물러났다. 펑 하는 소리와 함께 공이 미트에 꽂히자 그는 얼굴색마저 변했다.

"볼."

스트라이크존에서 공 두 개 정도가 빠진 직구였다.

삼열은 다음 공은 바깥쪽 직구로 스트라이크를 잡았다. 그리고 제3구는 몸쪽 낮은 스트라이크, 마지막 공은 한가운데 꽂히는 투심 패스트볼로 삼진을 잡았다.

타자는 멍하게 서 있다가 배트 한 번 제대로 휘둘러보지 못하고 물러났다.

유승대 감독은 삼열이 던지는 공을 보고는 미소를 지었다. 지난번까지는 공이 빨랐지만 다소 가벼운 느낌이 있었다. 하지만 지금은 공 자체가 묵직하여, 설사 맞는다 해도 장타가 나오기 쉽지 않을 공을 던진다.

'난놈은 난놈이야. 누가 저런 공을 치겠어?'

그리고 누가 저런 엄청난 공을 던지는 투수가 야구를 시작한 지 1년밖에 안 된 선수라고 믿겠는가. 제구력만큼은 한동안 송치호가 삼열을 앞서는 것 같더니 이제는 삼열이 앞섰다.

강속구에 제구력까지 갖추었으니 그야말로 타자들에게는 공포 그 자체다.

2번 타자는 삼열의 공이 좋은 것을 알고 기다리지 않았다. 덕분에 공 두 개로 투수 앞 땅볼로 아웃카운트를 잡을 수 있었다.

두 타자가 맥없이 당하고 나자 제물포고의 더그아웃에서는 가벼운 소란이 일어났다. 대광고에 괴물 투수가 있다는 것은 그들도 알고 있었다. 팬 카페까지 있는, 그야말로 매너는 엉망이지만 실력만큼은 언터처블이라는 미친놈 대마왕 말이다.

제물포고의 가인호 감독은 삼열의 공을 보고 얼굴을 찌푸렸다. 그가 봐도 삼열의 공이 너무 좋았던 탓이다.

"휴우~ 하필 저 괴물과 맞붙을 줄이야."

온갖 괴상망측한 일을 잘 벌이는 선수라고 했다. 심지어 시합 도중에 관중과 잡담하느라 날아온 타구에 뒤통수를 맞았다는, 믿을 수 없는 만화 주인공 같은 녀석이다.

최고 구속이 156㎞/h인데, 이 정도면 고교 야구에서 제대로 받아칠 선수는 단연코 없다. 그런데 그런 공을 마구 뿌려대고 있다.

3번 타자는 삼구 삼진을 당해 물러났다. 올해는 재작년 결승전에서 당한 경남고에게 복수하고 싶었는데, 운이 없는지 요즘 한창 뜨고 있는 대광고와 시합을 하게 된 것이다.

가인호 감독은 다시 한숨을 내쉬었다. 그는 경기를 시작하자마자 이 게임의 결과를 미리 본 것 같아 마음이 무거웠다.

대광고의 투수는 퍼펙트게임을 달성한 투수다. 그도 삼열의 비디오를 구해서 봤다. 정말 대단한 투수였다.

대광고의 더그아웃에서는 삼열의 구위를 놓고 선수들이 기분 좋게 잡담을 하였다.

"형, 오늘 공 죽이네요."

"새끼, 형은 원래부터 죽여줬어."

1번 타자로 오동탁이 천천히 타석을 향해 걸어나갔다. 2번 타자의 역할을 하다가 삼열이 투수 역할에 열중하게 되면서 다시 1번으로 복귀한 것이다.

오동탁은 5구 끝에 삼진으로 물러나고 말았다. 그는 더그아웃에 들어와서 한마디 했다.

"팔색조예요."

"뭐?"

"구위는 대단하지 않지만 원하는 공을 절대 안 줘요. 직구도 낮은 것만 던지고 커브, 슬라이더, 체인지업 등을 자유자재로 던져요."

삼열은 아까 전광판에 찍힌 직구의 구속이 130km/h였던 것을 기억해 냈다. 저 정도의 구속이라면 어렵지 않게 공략해 나갈 수 있을 것으로 여겼는데 그게 아닌가 보다.

2번 타자인 남우열 역시 6구 만에 내야 뜬공으로 아웃이 되었다. 상대 투수는 다양한 공의 조합으로 타자의 혼을 쏙 빼내었다.

삼열이 구속으로 상대 타자를 윽박질러 아웃 카운트를 잡는다면 상대 투수인 차명석은 완전히 반대로 타자의 히팅 타이밍을 빼앗아 게임을 풀어나갔다.

다행인 것은 대광고 선수들이 끈질기게 승부를 하고 있는 점이었다. 그래서 차명석은 투아웃 카운트를 잡는 데 열한 개의 공을 던졌다. 삼열이 1이닝을 아홉 개의 공으로 끝낸 것에 비해서는 많이 던진 셈이다.

3번 타자는 박상원으로, 이번에 유승대 감독이 선수들에게 집중적으로 타격 훈련을 시켰을 때 가장 효과를 많이 본 선수였다. 원래부터 그는 타격에 재능이 있는 선수였다. 역시나 그는 팔색조 차명석 투수에게서 5구째 커브를 노려 안타를 치고 나갔다.

4번 타자 조영록이 낮은 직구를 어퍼 스윙으로 걸어 올리면서 2루타를 만들었다. 그러자 1루에 있던 박상원이 재빠르게 홈으로 들어왔다.

'어라, 제법이네.'

삼열은 조영록의 스윙을 보며 그렇게 생각했다. 제구가 잘못된 공은 절대 아니었다. 다만 가장 낮은 스트라이크존에서 위로 공 하나 정도 높게 들어간 것을 걸어 올린 것이다.

어퍼 스윙을 한 것 자체가 제대로 된 공이었다는 것을 말한다. 투수가 제구가 제대로 된 공을 던졌는데도 맞으면 어쩔 도리가 없다. 맞은 공에 연연하면 투구 밸런스만 흐러지고 만다.

조영록은 2루에서 까불다가 견제사를 당할 뻔하고는 2루 베이스에서 멀리 떨어지지 않았다. 하지만 차명석 투수는 위기관리 능력이 뛰어났다. 득점 주자가 2루에 나가 있어도 다양한 공으로 후속 타자를 삼진시킨 것이다.

'정말 다양한 공을 던지는 투수구나.'

삼열의 말대로 차명석 투수는 타자가 쉽게 공략하지 못하는 다양한 공을 던지고 있었지만, 문제는 결정구가 없다는 점이다.

제구력의 마술사인 그렉 매덕스도 매우 다양한 공을 던져 타자들을 쉽게 잡는다. 그런데 그도 투심 패스트볼이라는 결정구가 있었으며, 딕 폴 투수 코치에게 배운 컷 패스트볼을 장착한 후에는 더욱 위력적인 공을 던졌다.

선발투수가 선수로서 롱런을 하려면 확실한 결정구가 있어야 한다. 위기 상황에 빠졌을 때 타자를 압도할 만한 공이 없으면 투수로서 성공하기 힘들다.

이닝이 바뀌자 삼열은 마운드에 올라서서 주위를 잠시 둘러보았다. 고교 야구라 관중은 적었다. 그래서인지 환호하는 관중들 사이에 있는 수화의 모습이 유독 크게 눈에 들어왔다.

수화가 삼열이 자신을 보는 것을 알고는 손을 흔들었다. 삼열도 환하게 웃었다.

삼열은 와인드업을 하고 공을 던졌다. 공이 빠르게 날아갔다.

4번 타자가 초구를 노려 쳤으나 3루수 조영록이 재빨리 잡아 1루에 던져 아웃을 시켰다. 낮은 포심 패스트볼이었는데 타이밍을 맞추지 못해 배트에 빗맞은 것이다.

'잘 치네.'

비록 아웃이 되었지만 152㎞/h의 공의 타이밍을 얼추 잡은 것이다. 타격에 재능이 있는 선수였다. 고등학교 선수가 150㎞/h가 넘는 공을 칠 수 있는 것은 대단한 타격 재능을 가진 것이라고 단언해도 좋다.

삼열은 인플레이 되기 전에 수화에게 손가락 세 개를 들어 보여주었다.

수화는 그게 무슨 뜻인지 알지 못해 멍하게 있었지만 야구를 잘 아는 사람들은 그게 무엇을 의미하는 것인지 단번에 알아차렸다.

투수가 손가락 세 개를 펴 보이는 것은 삼구 삼진밖에 없다.

5번 타자 마해영은 기분이 나빴다. 인플레이가 되지 않은 시점에 취한 행동이지만 그게 무엇을 의미하는지 그도 너무나 잘 알고 있었기 때문이다.

'나를 물로 본단 말이지. ×발, 두고 봐라.'

그는 배트를 두 손으로 꽉 움켜잡고는 삼열을 노려보았다. 삼열은 그런 그를 보고 마운드에 서서 피식 웃고는 천천히 와인드업했다. 몸 안에는 힘이 가득했다. 어깨에서 손가락이 펴지는 순간 공은 빛의 속도로 날아갔다.

펑.

"스트라이크."

초구가 몸쪽으로 꽉 붙어서 들어왔다.

몸쪽으로 들어왔지만 낮게 제구가 되어 치면 땅볼이 될 공이었다.

'젠장.'

그는 이를 악물었다. 하지만 빠른 공에 제대로 적응할 수는 없었다.

공이 제대로 보이지도 않았던 데다가 3구째는 직구인 줄 알고 휘둘렀는데 컷 패스트볼이었다. 힘껏 휘두른 배트가 허무하게 허공을 갈랐다.

삼열은 삼진을 잡고 관중석을 향해 다시 손을 흔들었다. 수화도 마주 손을 흔들었다.

제물포고의 더그아웃에서는 삼열의 행동에 약이 올라 반드시 안타를 치자고 결의했다. 하지만 다음 타자도 삼진을 당해 물러났다.

그때 삼열이 갑자기 관중석을 향해 두 팔을 벌리고 소리쳤다.

"사랑해!"

삼열은 두 손을 머리 위에 모아 하트를 만들어 보였다.

그러자 관중석에서 웃음이 터져 나왔다. 수화는 삼열의 이런 행동이 창피하여 자신도 모르게 얼굴이 붉게 물들었다.

'아휴, 쟤는 왜 저렇게 쓸데없는 행동을 할까?'

했지만 기분은 좋았다.

삼열은 주심에게 쓸데없는 짓을 한다고 경고를 받았다. 그러자 그는 주심을 향해서도 두 손으로 하트를 만들었다. 주심은 어이가 없는지 고개를 돌려 버렸다.

"하하하!"

"재미있는 투수네!"

웃음이 튀어나왔다. 주심 구본학 씨도 자신에게 하트를 그렸다고 투수를 퇴장시키면 자신의 얼굴이 뉴스를 장식할 것 같아 그냥 웃어넘겼다.

삼열의 이런 엉뚱한 행동으로 인해 그의 팬을 자처하는 관중은 더욱 환호성을 터뜨렸다. 오늘 경기가 끝나면 그들의 홈페이지에는 또다시 무수한 이야기가 쌓일 것이다. 엉뚱대마왕이 하는 야구는 재미있다고 난리를 칠 것이다.

제물포고의 더그아웃에서는 삼열의 행동에 기가 막혔는지 선수들의 야유 소리가 터져 나왔다.

"저 새끼 정말 듣던 대로 또라이네."

"새끼, 공만 잘 던지고 하는 행동은 완전 막장이잖아."

삼열은 미소를 지었다. 아직 프로는 아니지만 관중을 위한 팬 서비스 차원으로 뭔가를 해야 하는데 마땅히 생각나는 것이 없었다. 그러다 마침 수화의 얼굴이 보여 무작정 소리를 지른 것이다.

야구 선수가 야구만 잘하면 된다는 것은 호떡 장사가 호떡만 잘 구우면 된다는 말과 같다. 하지만 맛만 좋다고 잘 팔리는 세상은 이미 지났다. 매출에는 청결도, 서비스, 가격 등등의 요소가 적지 않게 작용한다.

마찬가지로 프로 선수라면 물론 팬들을 위해 경기에서 이겨야겠지만 재미라는 부분을 절대로 등한시할 수 없다.

삼열은 한 번 외치고 나니 은근히 쪽이 팔렸다. 하지만 연애란 본래 유치해야 한다는 말을 책에서 읽었기에 웃었다.

반면 수화는 마음 깊은 곳에서 행복한 감정이 흘러나오는 것을 느꼈다. 자신을 위해 다른 사람의 눈은 신경 쓰지 않고 그렇게 말해준 삼열이 매우 고마웠다.

'역시 삼열이밖에 없어.'

그나마 그가 자신의 이름을 말하지 않아서 다행이었다. 수화는 다시 공을 던지는 데 집중하는 삼열을 바라보았다.

공이 시원하게 포수의 미트에 박혔다.

"스트라이크."

새로 장착한 컷 패스트볼이 뜻밖에 제구가 잘되면서 위력을 발휘하였다.

커터는 직구로 착각하고 치라고 던지는 공인데 상대 타자가 제대로 히팅 포인트를 잡지 못하고 있었다. 공이 지나고 나서 배트가 나오곤 했다.


아서 스펜서는 놀랐다. 그의 고배율 카메라를 통해 공이 타자 앞에서 휘어지는 것이 확실하게 보였던 것이다.

'굉장하군.'

슬라이더인지 커터인지는 모르지만 직구로 보이는 공이 타자 앞에서 뚝 떨어지면서 옆으로 휘어졌다.

제물포고의 더그아웃에서는 신음이 흘러나왔다.

"×발, 저 공을 어떻게 치란 거야. 개사기 같은 새끼."

"젠장, 저 새끼 공은 언터처블이야."

책상에 오래 앉아 있는 학생이 공부를 잘하는 것은 아니다. 공부 시간도 아주 중요한 요소이긴 하지만 그것보다 더 중요한 것은 집중도다.

얼마만큼이나 그 시간에 집중해서 공부하느냐가 성적을 좌우한다. 이런 관점에서 볼 때 삼열의 노력은 범인의 경지를 이미 넘어선 지 오래다.

펑.

"스트라이크."

삼열은 타자를 삼자범퇴시키고 마운드에서 내려왔다.

"형, 이번에도 퍼펙트게임 하실 거예요?"

송치호가 궁금하다는 듯이 더그아웃으로 들어온 삼열을 보고 물었다. 송치호의 말에 삼열이 피식 웃었다.

"기록은 경기의 결과일 뿐이야. 그것에 연연하는 순간 이미 게임의 즐거움은 사라져. 난 즐기기 위해 야구를 하는 거야."

"정말요?"

"새끼가, 오랜만에 이 형이 멋있는 말을 했으면 그냥 믿지."

"형답지 않은 말을 하니까 그렇죠."

"하지만 사실이야, 그것은. 기록을 의식하면 좋은 선수가 못 돼. 기록 세운다고 떡이 나오냐, 돈이 생기냐? 다 쓸데없는 짓이다."

"워~ 갑자기 존경하고 싶어진다."

삼열은 주먹을 쥐고 냅다 치호의 뒤통수를 때렸다.

"악!"

송치호가 뒷머리를 잡고 비명을 질렀다. 표정을 보니 무척이나 아팠던 모양이다.

"너 어제 나 존경한다고 하지 않았어? 그 말 구라였냐?"

"형… 같은 학년인데 존경은 너무 큰 단어 아니에요?"

"하긴 그건 그렇지, 흐흐."

삼열이 웃자 송치호도 마지못해 따라 웃었다.

대광고의 공격은 6번 타자부터였다. 차명석 투수의 느긋한 경기 운영 방식은 본받을 만했다. 그는 불과 130㎞/h의 공을 던지면서도 타자를 농락하고 있었으니.

고교 투수로는 구속이 빠른 편은 아니지만 그렇다고 느린 것도 아니었다.

그러나 강속구가 없음에도 제구력과 다양한 구질로 타자를 압도했다. 그는 1회에 점수를 내주었음에도 굉장히 침착하게 경기를 운영하였다.

'저 정도의 강심장이면 프로에 가서도 성공하겠군.'

삼열은 고개를 끄덕였다. 문제는 다양한 변화구를 장착한 투수가 예상외로 프로에서 실패하거나 단명할 수 있다는 것이다. 아직 여물지 않은 육체를 혹사할 수 있기 때문이다. 그래서 다양한 구종보다는 직구의 구속을 높이는 데 좀 더 신경을 써야 하는 것이 옳다.

삼열이 죽어라 어깨 강화 훈련을 하는 이유가 여기에 있다. 슬라이더를 배우다가 컷 패스트볼로 바꾼 것도, 구속 때문이기도 했지만 슬라이더보다는 컷 패스트볼이 몸에 무리를 덜 주는 공이기 때문이다.

제구력의 마술사 그렉 매덕스도 초기에는 공을 던질 때 75%는 투심 패스트볼을 던졌고 구속이 떨어졌을 때에 커터를 던졌다.

직구가 먹혀야 변화구가 빛을 발하는데, 직구의 구속이 빠르지 않은데도 불구하고 저렇게 현란한 공을 구사하면 자칫 선수 생명을 단축시킬 수 있다.

역시나 대광고 선수들은 상대 투수의 현란한 공에 속수무책으로 당했다. 타이밍을 잡지 못하니 공이 빠르지 않아도 칠 수가 없었던 것이다.

'프로에 가서 저렇게 던지면 좋을 텐데.'

삼열도 커브 외에는 변화구를 던지지 않는 이유가 아직 자신의 구속이 아주 조금씩이지만 나아지고 있기 때문이다. 어깨와 손목의 힘을 강화하는 것으로 공의 속도를 높일 수 있다. 투수 출신의 타자들이 성공할 수 있는 것은 바로 손목의 힘 때문이다.

'맨발의 조'로 유명한 조 잭슨, 홈런 타자 베이브 루스, 콜롬비아 대학에서 1경기 17삼진을 한 루 게릭 등도 투수와 타자를 병행했었다.

송구 능력이 나쁜 타자는 타격에서도 대체로 장타가 나오기 힘들다. 공을 던지는 투수나 공을 치는 타자나 어깨와 손목의 힘이 중요하기 때문이다.

삼열은 더그아웃에서 일어나 마운드로 걸어 올라갔다. 그는 이 마운드에서만큼은 제왕이 되어야 한다고 생각했다.

'나는 마운드의 제왕이다.'

이런 생각을 해서인지 근엄한 카리스마가 그의 얼굴에 나타났다.

이런 변화를 제물포고의 7번 타자 장연희는 이해하지 못했다. 2회에서 개그맨처럼 웃긴 짓이나 하다가 내려갔던 투수가 진지하게 나오자 오싹한 느낌이 들었던 것이다.

'×발, 안 그래도 ×나 빠른 공을 가진 새끼가 폼까지 잡고 지랄이야.'

장연희는 삼열의 공을 칠 자신이 없었다. 타격에 비해 수비가 좋은 그는 삼열의 공 같은 강속구를 한 번도 경험한 적이 없었다. 왜 저런 미친 강속구를 가진 투수가 고교 야구에 나왔는지 이해도 되지 않는 그였다.

삼열이 와인드업을 하고 바로 공을 던졌다.

펑.

"스트라이크."

무서운 굉음을 내면서 공이 미트에 꽂히자마자 주심은 스트라이크를 외쳤다.

'×발, 졸라 빠르다.'

옆에서 지켜보던 것과 타석에 섰을 때 체감되는 속도가 무척이나 달랐다. 그제야 1번 타자 장선이 플레이트 앞쪽에 있다가 기겁을 하고 물러났던 것이 생각났다.

장선은 몸에 공 맞는 것을 두려워하지 않는 타자다. 체구는 작지만 근육질의 몸이라 친구들 사이에서 리틀 아놀드라는 별명을 가지고 있다. 그런데 날아오는 공을 보니 아놀드가 아니라 로보캅 정도는 되어야 맞고도 무사할 수 있을 것 같았다. 그 정도로 삼열의 공은 빠르고 위협적이었다.

장연희는 '젠장, 젠장!'이라는 말을 내뱉다가 타석에서 물러나고 말았다. 그의 눈에는 불신이 짙게 깔려 있었다. 고교야구에서 이런 투수와 같이 경기를 한다는 건 불공평하다는 생각마저 들었다.

장희연은 터덕터덕 걸어 더그아웃으로 들어가 의자에 기대어 앉았다.

그는 아무 말도 하지 않았고, 누구도 그에게 묻지 않았다. '저 선수 공은 어때?'라고 묻는 것도 어느 정도 공략 가능성이 있을 때나 물어보는 것이다.

지금의 상황은 제물포고가 저 이상한 놈에게 당한 경남고와 같은 꼴을 당하지 않기만을 바랄 뿐이었다. 그 젠장할 퍼펙트게임 말이다.

삼열은 투구 수를 줄이기 위해 맞혀 잡으려고 공을 던졌다. 볼 같은 스트라이크, 스트라이크 같은 볼을 던지며 타자를 유혹했다. 덕분에 3회에도 여덟 개의 공으로 이닝을 마무리할 수 있었다.

"형, 아직까지 퍼펙트예요."

"안 해."

"뭘요?"

"그 퍼펙트게임 말이야. 그거 안 한다고."

"아니, 왜요?"

삼열은 송치호의 말에 피식 웃었다.

사실 하고는 싶었다. 한 번도 아니고 두 번의 퍼펙트게임을 달성하면 자신의 가치가 얼마나 올라갈지 그것을 상상하는 것만으로도 온몸이 짜릿해진다. 하지만 그런 타이틀은 선수의 생명을 갉아먹을 뿐이다.

칼 립켄 주니어는 2,131번째 경기에서 무려 25분 동안이나 관중의 기립 박수를 받았다. 그날이 비로소 그가 연속경기 출장을 멈춘 날이었기 때문이다.

그는 한 번도 편법을 통하지 않고 루 게릭의 연속 출장 기록을 경신했다. 무려 16년 연속 출장이라는 대기록을 세웠지만 그의 몸은 만신창이가 되었다.

2,130경기 연속 출장을 한 루 게릭도 은퇴 직전에 엑스레이를 찍어보니 열 손가락에 모두 금이 가 있었다. 아마도 의학 기술이 좋지 않았다면 칼 립켄 주니어는 더한 상황이었을 것이다.

명예에는 대가가 따른다.

삼열의 목표는 잘 먹고 잘 사는 것이지, 명예를 선택할 생각은 전혀 없었다. 만약에 선택을 한다면 마운드의 폭군이 되는 것이었다.

이상영도 현역 시절에 20승 투수가 되려고 무리를 하다가 다음 해에 개고생했다는 말을 했다.

20승 투수라는 명예는 거저 얻어지는 것이 아니다. 팀이 어렵다고 무리를 해서 마운드에 올라도 구단은 그런 그를 인정해 주지 않는다. 오히려 다음 해에 부진하면 인정사정없이 연봉 삭감에 들어가고 운이 나쁘면 2군행이다.

그런 사실을 전해 들은 삼열은 팀을 위해 희생할 생각은 눈곱만치도 하지 않았다. 그래서 1번 타자 자리를 거절한 것이다. 괜히 같은 투수들에게 밉보여 싸가지 없는 놈이라고 욕먹을 필요가 없다.

삼열은 다시 피식 웃었다.

생각해 보니 체육 특기자로 대학을 가지 않을 그가 굳이 무리할 필요는 없었던 것이다.

많은 투수들이 대학과 고교 야구에서 혹사를 당해 정작 프로에 가서는 별 볼 일 없는 투수로 전락하는 경우가 적지 않았다. 선수의 장래보다는 감독의 욕심을 채우려고 선수들을 혹사시켰기 때문이다.

물론 퍼펙트게임이나 노히트노런이 탐나지 않는 것은 아니나 그와 같은 기록은 다만 부수적인 결과물이어야 한다. 선수가 그런 기록에 욕심을 내면 망가지는 것은 순식간이다.

"형, 형 차례예요."

"어, 그래?"

삼열은 배트를 들고 타석에 들어섰다. 삼열은 눈을 빛내는 상대 투수를 보고 피식 웃었다. 아마도 자신이 위협했던 것처럼 히트 바이 어 피치드 볼을 던질 요량으로 보였다.

삼열은 플레이트에서 좀 떨어져 누가 봐도 타격할 의사가 없음을 알도록 해줬다. 그러자 차명석 투수는 얼굴을 찌푸렸다. 저렇게 노골적으로 칠 마음이 없다는 것을 보여주는데 여기서 몸에 맞는 볼을 던지면 누가 봐도 고의라는 것을 알 수 있을 것이다.

'X발 새끼, 졸라 얍삽하네.'

차명석 투수는 할 수 없이 공을 던졌다. 공이 날아오자 삼열은 반사적으로 배트를 휘둘렀다.

딱.

공이 1루 라인을 타고 데굴데굴 굴러갔다.

삼열이 미친 듯이 뛰었다.

"헉! 내야 안타야."

삼열은 초구가 정직하게 가운데로 들어오자 배트를 슬쩍 갖다 대기만 했다. 그러자 기습 번트처럼 되어서 미처 수비 준비를 하지 못한 내야진들이 머뭇거리는 사이에 1루에 도착하고는 손을 흔들었다.

"와우, 굉장한데."

"졸라 빨라. 총알 탄 사나이야."

차명석은 기가 막혔다. 상대 타자가 전혀 치지 않을 것처럼 하기에 무심결에 스트라이크를 던졌다가 안타를 맞은 것이다. 뒤통수를 제대로 맞은 느낌이 들었다.

'어쨌든 졸라 재수 없는 놈이군.'

그는 욕이 절로 나오는 것을 참고 1루를 흘깃 바라보았다. 녀석은 1루에서 뛸 마음이 전혀 없는 것처럼 베이스에서 떨어지지 않고 있었다. 견제할 필요성조차 느껴지지 않을 정도로 말이다.

'저러다가 갑자기 뛰는 거 아냐?'

왠지 감이 좋지 않았다. 그는 자신이 던지는 공이 변화구가 많아 발이 빠른 선수라면 쉽게 도루를 시도할 것으로 생각했다. 그런데 상대는 뭘 생각을 안 하고 1루수와 이야기를 하고 있었다.

'참, 저 새끼가 떠버리라고 했지? 관중과 이야기를 하다가 야구공에 뒤통수를 맞았던 놈. 신은 왜 저런 미친놈에게 천재적인 재능을 준 걸까?'

차명석 투수는 고교 야구에서 살아남으려고 미친 듯이 구질을 연마한 것이 허무해지자 질투심이 일었다. 천성적으로 강력한 직구가 없는 그가 할 수 있었던 일은 결국 구종의 다양화였다.

하지만 사람들은 삼열이 얼마나 노력했는지를 모른다. 그가 절망에서 그 누구보다도 발버둥을 친 사람이라는 것을 알리가 없다. 그리고 알려고도 하지도 않는다. 사람들은 나타난 결과만 보지, 그 결과에 숨겨진 땀과 눈물은 보지 않는다. 아니, 알 필요가 없는 것이다.

차명석이 조금만 깊게 생각을 해봐도 천재적인 재능만으로는 그런 공을 뿌릴 수 없다는 것을 알아차렸을 것이다. 구속이야 그렇다 해도 제구력은 연습 없이는 불가능한 것이기 때문이다.

차명석 투수가 다음 공을 던지자마자 삼열이 바람같이 2루로 달렸다. 와인드업에 들어가자마자 베이스에서 세 걸음 나왔고 공을 던지자마자 2루로 뛴 것이다.

그 기민한 움직임은 고교 선수의 것이라고는 도저히 믿을 수 없을 정도였다.

펑.

"스트라이크."

포수가 미트로 공을 잡아 손으로 옮겼을 때 이미 삼열은 2루 베이스에 발을 가져다 대었다.

믿을 수 없는 빠르기였다.

매일같이 두 시간 이상을 미친 듯이 뛴 효과가 이렇게 나타났다.

삼열의 이번 도루에 양쪽 선수들뿐만 아니라 관중석에서도 놀라는 소리가 튀어나왔다. 아서 스펜서는 환하게 웃으며 그가 도루하는 장면과 선수들의 표정, 관중들의 반응을 찍었다.

"후후, 반응이 죽이는군."

이런 관중들의 반응이야말로 메이저리그가 좋아하는 것이다. 팬들의 기대와 사랑이야말로 메이저리그를 존속시키는 요소 중 하나였으니.

수화는 삼열이 번개처럼 도루하는 것을 보고 깜짝 놀랐다. 그녀는 삼열이 이전에도 도루하는 장면을 몇 번 보았지만 지금처럼 깔끔하지 못했다. 이전에는 상대 팀의 선수들과 심리전을 했다면, 지금은 실력만으로 가볍게 도루에 성공한 것이다.

"너무 멋져."

"야, 저 선수 열라 빠르다. 우사인 볼트 같았어."

"와우, 죽인다. ×발, 저게 정말 투수야? 투수?"

"야, 저 마왕 팬 카페 이름이 뭐냐? 나도 저 새끼 인간성이 아무리 구려도 반드시 팬 하고 말 거야."

"〈마운드의 대마왕〉이야. 전에는 얍삽함의 대마왕이었는데 팬들의 요청으로 바뀌었어."

"그래? 나도 바로 가입이다."

"여기서?"

"스마트폰으로 하면 되잖아."

"아직 스마트폰은 지원 안 해. 보기가 좀 힘들 거야."

"누가 어플 좀 만들지."

수화는 삼열의 팬 카페 어플 소리에 귀를 쫑긋거렸다. 그러나 누가 개인 팬 카페를 위해 스마트폰 어플을 만들겠는가. 하지만 수화의 머리는 저절로 굴러갔다. 그리고 미소를 지었다.

뭔가 모르지만 머리를 강타한 것이 있었다. 삼열은 미국에서 좋은 성적을 거둘 것이 분명했다.

'이거 뭔가 될 것 같기도 한데 뭐가 뭔지 모르겠네. 삼열이와 이야기해 봐야겠다.'

아무래도 머리 쓰는 것은 삼열이 낫다고 생각하며 수화는

2루에서 까부는 그의 모습을 지켜보았다.

그녀가 보기에 야구를 하는 삼열의 모습은 평상시의 그와는 많이 달랐다.

야구를 하는 그는 마치 일곱 살 아이처럼 신나했다. 그런 모습을 보고 그녀는 삼열이 일상의 삶에서도 저렇게 신나했으면 좋겠다고 생각했다.

일상에서의 삼열은 어딘지 부러지고 부서진 것처럼 보였는데, 그에 반해 야구를 하는 삼열은 무척이나 행복하게 보였다.

'걱정하지 마. 너를 행복하게 해줄게.'

수화는 두 손을 꼭 잡고 3루로 도루하고 있는 삼열을 바라보았다.

"젠장, 저 새끼 진짜 투수 맞아?"

"×발, 졸라 빠르다."

제물포고의 더그아웃에서는 후보 선수들이 소리를 질렀다. 수비하기 위해 그라운드에 있는 선수들의 마음도 같았다. 아직 1번 타자가 타석에 서 있는데 도루를 두 번이나 시도한 것이다.

노 아웃에 3루, 최소 1점은 줘야 할 것 같아지자 차명석 투수는 난처한 표정을 지었다.

3루 베이스에서 3루수와 해맑은 표정으로 실없는 이야기를 시도하고 있는 삼열이 마운드에 섰을 때의 무시무시한 구위를 생각한다면 여기서 더 점수를 주면 곤란했다. 하지만 어떻게 점수를 안 줄 수 있단 말인가?

볼카운트는 투 스트라이크 투 볼. 투수가 조금 유리하기는 하지만 또 어떻게 될지 모르는 일이다.

'저 새끼가 또다시 뛸까?'

차명석의 마음은 복잡하였다. 인터벌이 길어지자 타자가 타임을 부르고 타석을 벗어났다. 잠시 후 다시 타자가 타석에 들어서자 차명석 투수도 심호흡을 깊게 내쉬며 공을 던졌다.

공이 타자의 눈앞에서 예리하게 휘어졌다.

오동탁이 휘어진 공을 눈치채지 못한 채 배트를 휘둘렀다.

딱.

빗맞은 타구가 투수 앞으로 느리게 굴러갔다. 차명석이 재빨리 뛰어가 공을 주워 고개를 드니 이미 삼열이 홈베이스를 밟고 있었다. 그는 할 수 없이 1루로 던져 아웃 카운트 한 개를 잡았다.

'젠장. 빌어먹을!'

허탈했다. 투수 앞 땅볼로 1점을 내주다니, 믿을 수 없을 정도로 빠른 발이었다. 발이 빠른 것도 있지만 스타트가 워낙 좋았다. 공을 던지는 순간 삼열은 이미 베이스에서 3미터 정도 벌어져 있었고 공이 굴러가는 시간에 홈에 파고들었다.

차명석은 마음을 차분하게 하려고 심호흡을 천천히 했다.

그는 다시 공을 던졌다.

이번에는 이전보다 더 위력적인 공이 뿌려졌다. 그는 두 타자를 연속 삼진으로 잡았지만 마운드에서 내려오면서도 마음이 무거웠다.

삼열은 마운드에서 내려오는 상대편 투수를 바라보았다. 확실히 굉장히 노련한 경기 운영을 하는 투수였다.

성격이 차분한 것인지 아니면 경험이 많아서인지는 모르지만 쉽게 무너지지 않는 투수라고 할 수 있다. 공만 조금 더 빠르다면 프로야구에서 훌륭한 투수로 활약할 수 있을 것 같았다.

삼열은 선두 타자에게 공을 던졌다.

딱.

공이 데굴데굴 굴러 3루를 빠져나갔다. 첫 안타였다.

'뭐, 그렇지. 내가 무슨 노히트노런에 퍼펙트게임이야. 이기기만 해도 장땡이지.'

삼열은 날아간 기록을 생각하며 피식 웃었다. 그게 상대 팀의 선수들에게는 '이까짓 정도야'로 보였나 보다.

"박살을 내줘!"

"홈런을 쳐!"

말은 그렇게 해도 쉽지 않은 것은 이미 다들 한번 겪어봐서 안다. 조금 전에도 빗맞아서 안타가 된 것이었다. 삼열은 다음 타자를 커브와 포심 패스트볼, 그리고 컷 패스트볼을 던져 삼진 아웃시켰다.

다음 타자는 투심 패스트볼로 땅볼 아웃되면서 주자가 2루로 진루했다. 안타 하나면 점수를 내줘야겠지만 삼열은 상관하지 않았다.

뭐, 투수가 공을 던지다 보면 점수를 줄 수도 있고 패할 수도 있는 것이다. 승부욕이 있는 것은 좋지만 지나치면 오히려 해가 된다.

'자, 그럼 나의 운을 시험해 볼까?'

삼열은 초구로 커터를 던졌다. 공이 날아가다가 휘어지면서 아래로 떨어졌다.

펑.

"스트라이크."

제물포고의 3번 타자이니 타격 감각이 있을 것으로 생각하고 유인구를 던졌는데 말려들지 않았다. 하긴 커터의 구속도 145㎞/h 정도가 되니 쉽게 칠 수 없었을 것이다. 더욱이 바깥으로 휘어지는 폭이 상당히 컸다.

다음 공은 포심 패스트볼을 던졌는데, 이게 제대로 손가락에 걸리지 않고 날아가 타자의 엉덩이를 가격했다.

"아, 미안."

다행히도 마지막에 손가락에서 빠져서인지 공의 위력이 많이 약해져 있었다.

3번 타자 지남철은 그 자리에서 살짝 쓰러졌다.

그러자 의료진이 들어와 그의 엉덩이에 스프레이를 뿌렸다. 다행히 살이 많은 곳에 맞아서 부상은 심해 보이지 않았다. 실투성이라 삼열로서는 어쩔 도리가 없었다.

'그걸 맞냐? 피하지.'

삼열은 처음으로 히트 바이 어 피치드 볼을 내주면서 입맛이 썼다. 투수가 던질 수 있는 가장 큰 마구가 몸에 맞는 공이라고 떠벌리고 다녔지만 그렇다고 일부러 맞힐 생각은 전혀 없었다.

삼열은 마지막 순간에 지남철 타자가 움찔한 것을 놓치지 않았다. 그것은 상대가 바로 피할 수 있음에도 피하지 않았다는 것이었다. 3번 타자가 절뚝거리며 1루로 걸어나갔다.

1루로 간 후에 그는 타임을 불러 다시 시간을 끌면서 치료를 하였다.

치료라기보다는 저절로 통증이 완화되기를 기다린다는 것이 더 정확하였다. 아직 시합 초반이라 가인호 감독은 주자를 교체하지 않았다.

제물포고의 더그아웃에서는 삼열을 욕하는 소리가 튀어나왔다. 삼열의 입장에서는 억울하기도 하면서 웃기기도 하였다. 공이 그쪽으로 날아간 것은 분명 그의 실수지만 진루하고

자 하는 욕심에 피하지 않은 것은 분명히 타자의 잘못이었다.

'참나, 누가 누구에게 욕을 해?'

공이 몸쪽으로 날아오면 피해야 정상인데 타자가 피하지 않았다.

삼열은 1루에 있는 지남철 선수를 보며, 이들은 대학을 가기 위해 야구를 하는 것이니 필사적일 수도 있다고 생각했다. 좋은 대학을 가기 위해 밤새워 공부하는 수험생들처럼 이들도 그런 심정으로 야구를 하는 것이었다. 하지만 그런 그들을 삼열이 완벽하게 이해하기는 어려웠다.

지남철의 투지와는 상관없이 삼열은 다음 타자를 삼진으로 잡아버렸다. 승부욕은 존경할 만했지만, 그렇다고 일부러 져줄 수는 없으니까.

삼열이 돌아와 자리에 앉자 송치호가 다가와 조심스럽게 물었다.

"형, 그거 일부러 던진 거예요?"

"넌 내가 사람에게 공이나 던지며 낄낄거릴 거라고 생각하는 거야? 내 말은 데드볼을 두려워하지 말아야 한다는 것이었지, 일부러 던진다는 말은 아니었어."

"아, 그래요?"

송치호는 미심쩍은 얼굴로 삼열을 한번 바라보고는 자신의 자리로 돌아가 앉았다.

'어휴, 저걸 그냥.'

상대 팀에서도 이의 제기를 안 하는데 같은 팀의 동료 투수라는 것이 저 모양이다.

'뭐 어쩌겠어. 내가 뿌린 대로 거두는 것이겠지.'

삼열은 은근히 마음이 아팠지만 그가 할 수 있는 일은 없었다. 심약한 심성의 소유자인 송치호를 위해 일부러 해준 말이었는데 그것을 잘못 알아듣고 아무에게나 히트 바이 어 피치드 볼을 던지는 투수로 알고 있으니 어이가 없었다.

은혜를 베풀어도 시간이 지나면 잊고 오히려 단점을 보며 불평하는 것이 인간이라는 말이 틀린 게 아닌가 보다. 제구력에 문제를 느껴 이상영에게 소개해 준 것이 올해 겨울이다. 그 결과 그는 새로운 투수로 변신했다.

아직 1년도 채 지나지 않았는데 그에게 이런 대우를 받자 삼열은 사람에게 호의를 베푸는 것이 꼭 좋은 것만은 아니라는 사실을 깨닫고 쓸쓸하게 웃었다.

'됐어. 나는 나만의 길을 갈 뿐이다.'

삼열은 흐드러지게 피어나는 꽃처럼 아름다운 하늘을 바라보았다. 하늘에는 구름 꽃이 피어나고 있었다.


차명석 투수는 점점 힘에 부치는 것을 느꼈다. 타자를 옥박지르지 못하다 보니 투구 수가 많아지고 있었다. 특히나 대광고의 타자들은 그와의 승부에 끈질겼다. 3구 이내로 승부가 나는 경우가 거의 없었고 5구나 6구가 많았다.

어떤 경우는 7구까지 가다 보니 이제 3회가 지났음에도 65개의 공을 던졌다. 반면 삼열은 겨우 32개의 공을 던졌을 뿐이다.

제구력 투수라도 강속구를 가지고 있어야 승부에 유리하다는 것은 야구 상식이다. 그 상식이 차명석과 강삼열의 투구 내용에서 확연하게 드러났다.

삼진은 삼열이 여섯 개, 차명석이 다섯 개를 얻었지만 진루를 많이 시킨 차명석의 경우는 아무래도 투구 수에서 불리할 수밖에 없었다.

그에 반해 단 한 명의 타자만을 진루시킨 삼열의 경우는 투구 수 조절에 성공하고 있었다.

삼진을 포기하고 효율성을 택한 결과였다. 삼진은 제물포고 타자들이 삼열의 공을 제대로 치지 못해서 나온 것이지 삼진을 잡으려고 의도해서 나온 것이 아니었다.

첫 타석에 들어선 박상원은 6구 끝에 3루 직선타로 물러났다. 4번 타자인 조영록이 타석에 들어서자 차명석 투수는 긴장하였다. 오늘 조영록은 타격 밸런스가 매우 좋아 자기와 같은 기교파의 공에 강한 면모를 보이고 있었다.

팔색조라 하지만 그가 던질 수 있는 공은 한정되어 있다.

타순이 한 바퀴 돌기 전까지는 가능한 단순한 공으로 던지고, 두 번째부터 다양한 공을 던지기 시작해야 효과적이다. 타순이 한 번 돌면 투수의 공이 타자의 눈에 익기 때문이다. 그런데 차명석은 결정구가 없다 보니 처음부터 다양한 공을 던졌다.

조영록은 타석에 서서 미소를 지었다. 인생을 막장처럼 살았지만 그의 운동감각은 천부적인 면이 있었다. 삼열에게 덤볐다가 깨진 후로는 성질을 죽이고 살았지만 이제는 그렇게 할 이유도 없어졌다.

황금 사자기 전국 대회에 이어 청룡기 전국 대회마저 4강 안에 들었으니 대학은 따 놓은 당상이다. 이대로라면 프로에서도 지명할지 모른다는 생각에 온몸에 힘이 불끈거렸다.

'나는 최고야. 물론 삼열이 형 빼고.'

조영록은 차명석이 변화구를 던지는 것을 그대로 받아쳤다.

딱.

타구는 중견수의 키를 넘어 바운드되었다가 다시 펜스에 맞고 튕겨 나왔다.

조영록은 2루로 뛰다가 멈추었다. 중견수가 펜스에 튕겨 나온 공을 재빨리 잡아 2루로 다이렉트로 송구했기 때문이다.

"빌어먹을!"

저 정도로 공이 깊게 날아갔으면 2루는 물론 3루까지도 가능할 정도였지만 운이 나빴다. 중견수의 키를 넘어갔기에 상대 팀 수비수가 무리하지 않았고 펜스에서 튕겨 나온 공을 잡아 전광석화처럼 2루로 던진 것이다.

"안녕."

"×발, 너도 저 변태 투수 닮았니?"

"저 형이 이상해도 너보다는 형이거든."

"한 해 꿇었다는 게 사실이냐?"

"너 조심해라. 저 형 졸라 세. 나도 무서운 게 없는 놈인데 저 형은 졸라 겁나. ×발, 무엇보다 저 형은 울트라 슈퍼 악질이야."

"뭐……?"

"그냥 넌 학교가 달라 운 좋은 줄 알아라."

말을 하면서도 부르르 몸을 떠는 조영록의 오버에 1루수 지남철이 몸을 흠칫 떨었다. 그것은 그도 이해할 수 없는 증상이었다.

아까 자신을 흘깃 쳐다본 그 날카로운 눈초리가 마음에 걸렸다.

사실 그는 삼열이 1루에 뛰기 전에 한마디 했었다. 자꾸 말을 걸고 약을 올리니 말이 막나갔던 것이다.

그때였다.

딱.

김오삼이 때린 타구가 2루를 지나 우익수 쪽으로 날아갔다. 투 스트라이크 원 볼 이후의 안타였다.

조영록이 가볍게 2루에 안착했다.

차명석은 자신의 공이 맞아가기 시작하자 당황하였다.

이전까지 그의 공을 이렇게 자신 있게 공략한 타자들은 없었다.

무엇보다도 대광고의 선수들은 끈질겼다.

쉽게 방망이가 나오지 않고 공이 스트라이크존을 걸치면 꼭 방망이가 따라 나왔다. 유승대 감독이 타격 특훈을 한 효과가 나타난 것이다.

안타를 치고 1루에 온 김오삼이 또 지남철에게 말을 걸었다.

"안녕."

"×발, 니네 선수들은 왜 이렇게 말을 거는 건데?"

"심심하잖아."

"심심하기는 개뿔. 저 변태 따라 하는 거면서."

지남철의 말에 김오삼이 그런 사실을 어떻게 알았냐는 듯이 바라보았다.

"×발, 니네 팀 두목이 그 변태 투수라는 거 척 보면 알거든."

"그렇군."

김오삼은 고개를 끄떡인 후, 다음 타자가 안타를 치자 바람같이 달렸다.

하지만 그가 막 3루에 막 도달하려는 순간에 갑자기 날아온 공을 잡은 3루수가 태그를 하려고 하자 기겁을 하고 2루로 방향을 틀었다.

협살에 걸린 것이다.

김오삼은 2루수의 태그를 교묘하게 몸을 비틀어 피하고 2루로 뛰려고 했지만, 어느새 유격수가 2루로 백업을 한 상태였다.

그러자 갑자기 다리의 힘이 쭉 빠져 뛰고 싶은 마음이 사라졌다. 그러자 뒤에 따라오던 수비수가 김오삼을 태그하여 아웃되고 말았다. 그사이 조영록이 홈으로 들어와 득점하였다.

1득점, 투아웃. 김오삼이 2루까지만 갔으면 안전했을 터인데 무리한 주루플레이를 하다가 협살에 걸린 것이다.

그리고 다음 7번 타자는 투수 앞 땅볼로 4회가 끝났다. 하지만 이번 이닝에 차명석 투수가 던진 공은 무려 27개나 되었다.

선발 투수 차명석은 4회까지 92개를 던져서 5회 첫 타자만 처리하고 물러나게 되면서 대광고의 공격이 불을 뿜기 시작했다. 구원으로 나온 중간계투진은 뭇매를 맞고 큰 점수를 내주면서 쉽게 무너졌다.

제물포고의 투수진이 특별히 나쁜 것은 아니었지만, 이틀 전 경기에 나간 투수가 회복이 다 되지 않은 몸으로 구원 등판했다가 오히려 점수만 헌납하고 물러났다.

반면 삼열은 9이닝 15삼진으로 가볍게 완봉승을 거머쥐었다.

너무 쉽게 이겼기에 삼열은 얼떨떨하기까지 하였다. 상대 투수의 구속이 조금만 더 좋았다면 공략하기가 힘들었을 것이다.

'좋은 경험을 했군.'

삼열은 아무리 공의 종류가 다양해도 기본적인 구속이 따라주지 않으면 공략이 어렵지 않다는 것을 깨달았다.

다양한 구종이 중요한 것이 아니라 하나의 공을 던져도 공 끝의 움직임, 즉 무브먼트가 더 중요하다.

만약 차명석 투수가 던지는 공의 무브먼트가 좋았다면 결코 그렇게 쉽게 공략하지 못했을 것이다. 오히려 타자를 땅볼이나 뜬공으로 유인하여 쉽게 처리했을 것이다.

고교 야구라 하더라도 공 끝이 정직하면 배트의 중심에 맞는 것이 당연하다. 팔색조의 차명석이 대광고의 타자들에게 당한 것은 공 끝이 밋밋해서였다.

승리 투수가 된 삼열은 기분이 날아갈 것 같았다. 전반기 황금 사자기 전국 대회에서는 4강에서 1실점을 하고 패전 투수가 됐다. 그래서 엄청나게 연습에 연습을 거듭한 것이 오늘 효과를 거두었다.

또한 이번에 새로 연마한 컷 패스트볼이 생각보다 제구가 잘되어서 쉽게 경기를 풀어갈 수 있었다.

경기를 마치고 나서 삼열은 각종 매스컴의 인터뷰에 시달렸다.

고교 야구는 예전과 같은 인기가 없기에 결승전이 아니면 인터뷰를 하지 않을 터인데, 삼열이 던지는 직구의 구속이 150km/h가 넘다 보니 언론의 관심을 끈 것이다. 게다가 그가 거둔 승리가 모두 완투이니, 대형 신인의 등장이라고 호들갑을 피울 만했다.

바로 다음 날 '대형 괴물 신인의 탄생'이라는 기사가 실렸다.

방송사의 스포츠 뉴스에도 삼열의 기사가 나갔다.

150km/h가 넘는데 제구마저 갖췄으니 언론이 관심을 갖는 것은 당연하였다.

박찬호가 메이저리그로 직행했을 때의 그의 구속이 그러했으니 말이다.

# 4. 청룡기 대회 우승

메이저리그

시합을 마치고 하루가 지난 다음 날에 스콧제임스가 삼열을 찾아왔다.

"삼열 씨, 오랜만입니다."

"네, 잘 지내셨어요?"

스콧제임스는 삼열을 만나 반가운 미소를 지으며 악수를 했다.

"반가운 소식을 가지고 왔습니다. 지난번에 촬영한 영상을 메이저리그의 구단에 보냈는데 몇몇 구단이 관심을 보였습니다. 그중에는 뉴욕 양키스와 보스턴 레드삭스, 뉴욕 메츠, 텍

사스 레인저스가 있습니다. 아마도 올해가 가기 전에 KBO로 신분 조회를 요청하는 구단이 있을 것입니다."

"정말요?"

삼열은 뜻밖의 소식에 놀랐다. 이들 모두가 명문 구단이었기 때문이다.

메이저리그에서 동양인 투수는 상당히 인기가 있다. 마케팅에 유리하기 때문이다. 제대로 경기를 해준다면 구단에 상당한 이익이 생긴다.

"그래서 말씀인데, 계약 협상할 때 하한선을 이야기해 주셔야 할 것 같습니다."

"하한선이요?"

"연봉이야 신인들이 받는 상한선이 있으니 어쩔 수 없지만 계약금은 그렇지가 않습니다. 저희가 알아서 많은 계약금을 받아내려고 하겠지만 한국에서의 기록은 별로 인정받지 못합니다. 삼열 씨가 특별히 원하는 팀이나 계약금이 있으면 저희도 알고 있어야 합니다."

"아직 구체적으로 생각을 해보지는 않았습니다. 그러나 너무 약한 팀은 피했으면 합니다."

"그러면 주전 경쟁이 좀 치열할 수도 있습니다."

"괜찮습니다. 각오하고 있습니다."

삼열은 계약금이 얼마가 되든지 그다지 신경을 쓰고 싶지 않았다. 많이 받으면 좋겠지만 돈에 혹해서 잘못 발을 담그면 고생만 하고 메이저리그에서 활동도 제대로 못 할 수도 있다.

"흠, 메이저리그에서 각 구단이 동양인 투수를 판단할 때에 가장 중요하게 여기는 것은 '가능성'입니다. 그런데 그 가능성을 입증할 기록이 한국은 일본보다 매우 취약합니다. 삼열 씨가 메이저리그에 어필할 수 있는 것은 강속구입니다."

사실 메이저리그에서 활약하려면 평균 150km/h 전후의 구속이 나와야 한다.

현재 워싱턴 내셔널스의 마틴 스트라우스, 클리브랜드 인디언스의 우발도 히메네즈, 템파베이 레이스의 데이비드 프라이스 정도가 100마일, 즉 160km/h의 공을 던지고 있다.

"그에 미치지 못한다고 하더라도 아주 강력한 커터나 투심, 슬라이더를 장착하고 있어야 선발투수가 될 수 있습니다. 물론 그들의 직구는 대부분 150km/h 전후입니다. 삼열 씨가 메이저리그에 완벽하게 적응하게 된다면 2선발이나 3선발 정도는 할 겁니다."

"그래요……?"

삼열은 자신의 최고 구속이 156km/h에서 조금씩 늘어나고 있는 것을 아직 스콧제임스에게 말하지 않았다. 아직 정식으로 계약하자고 덤비는 구단도 없기 때문이고, 또 그게 중요하다고 보지도 않았기 때문이다.

사실 삼열의 구위가 아무리 막강해도 당장 메이저리그에서 출전할 수 있는 팀은 없다. 만년 하위권 팀이라도 검증이 되어야 하는데 삼열은 메이저리그에서 뛴 경기가 하나도 없으니 말이다.

삼열도 급하게 마음을 먹지 않을 생각이다.

메이저리그를 호령한 전설적인 선수들조차 마이너리그를 거쳐 성장했기에 그는 처음부터 주전으로 뛸 욕심은 아예 없었다.

"청룡기 전국 대회가 끝나면 그동안의 기록에 근거하여 본격적으로 메이저리그의 구단과 협상을 시작할 것입니다. 그리고 계약 협상이 어느 정도 성사되면 저희 직원이 나와서 필요한 절차를 삼열 씨에게 알려드릴 것입니다."

"아, 네."

계약 절차에 관한 이야기는 이메일로 해도 될 것을, 사람을 보내준다고 하니 삼열로서는 고마운 마음이 들었다. 필요한 절차를 직접 대행해 주려는 모양이다. 어쨌든 스콧제임스가 그에게 가장 먼저 접근하여 성실하게 일해 주는 모습에 삼열은 믿음이 생겼다.

"삼열아!"

수화가 호텔 커피숍으로 들어왔다. 생각보다 스콧제임스와의 이야기가 길어져서 약속 장소를 말해주었더니 직접 찾아온 것이다. 아마도 궁금해서 온 것 같았다.

"아직도 안 끝났어?"

"아, 네. 이쪽은 제 애인인 정수화이고요, 이쪽은 에이전트 스콧제임스 씨예요."

"처음 뵙겠어요."

"만나서 반갑습니다. 스콧제임스 김입니다. 매우 아름다우십니다."

"그렇죠? 아, 수화 씨도 여기에 앉아도 되죠?"

"그럼요. 전혀 문제가 없습니다."

스콧제임스는 두 사람의 관계가 아주 친밀한 것을 보고 삼열에게 메이저리그로 진출하면 어떻게 할 것이냐고 물어보았다. 결혼하거나 동거할 생각이면 회사에서 집을 알아봐 줄 수 있다고 말했다.

스콧제임스는 수화와 잠시 이야기를 나눈 뒤 자신이 해야 할 일들을 꼼꼼하게 체크했다. 그는 메이저리그에서의 계약 조건과 예상 계약금, 그리고 출국 날짜에 대한 대략적인 것들을 점검하고는 떠났다.

커피숍에 남은 수화와 삼열은 말없이 서로를 바라보았다.

"너에게 이야기로 들었을 때는 실감이 나지 않았는데 지금은 피부로 막 느껴져."

수화가 기운 빠진 음성으로 말했다.

"아직 시간이 많이 남았잖아요."

"그렇긴 하지만 난 아직도 실감이 안 돼."

"아직 청룡기 결승전도 안 끝났어요."

"……."

수화는 막상 이야기가 진척되니 마음이 싱숭생숭해지는 모양이다. 그런 그녀를 위해 삼열이 맛있는 것을 먹으러 가자고 말해도 수화는 별로 내켜 하지 않았다. 진짜 삼열과 떨어져 지낼 수도 있다는 것이 그녀의 마음을 흔들어 놓았기 때문이다.

'그래도 이건 삼열이의 꿈이야. 내가 막으면 가지 않겠지만 무척 슬퍼할 거야.'

수화는 억지로 미소를 지었다.

어떻게 부모님에게 말하고 또 설득한단 말인가. 그렇다고 삼열과 떨어져서 지낼 자신은 더 없었다. 이제 부부나 마찬가지라고 생각하고 있는데 떨어져 생활한다는 것은 생각도 할 수 없다.

그녀가 침울해 있자 삼열의 기분도 다운되었다. 항상 명랑하고 밝은 수화가 가만히 있으니 그도 왠지 의욕이 생기지 않았다.

"내일이 결승이네. 잘할 자신 있지?"

"네. 뭐, 어차피 선발은 치호가 할 것이고 나는 한두 이닝만 막으면 될 거예요."

"그래도 잘해야지. 네가 우승하는 것을 보고 싶어."

"수화 씨를 위해 꼭 우승할게요."

"정말?"

"그럼요. 제 삶의 99%는 수화 씨를 위해서인걸요."

"정말이지?"

삼열의 말에 수화는 비로소 화사하게 웃었다. 둘은 커피숍을 나와 이탈리안 레스토랑에 가서 파스타와 스테이크를 먹었다. 식사를 하고 나자 수화는 다시 명랑해졌다.

삼열은 불과 1년도 안 되어 전국 대회에서 벌써 2승을 거두는 행운을 누렸다. 예전에는 꿈도 꿀 수 없었던 기적이 일어난 것이다.

야구는 그에게 살아 있다는 것을 느끼게 해주는 유일한 것이었지만 삼열이 야구만을 특별히 사랑하는 것은 아니었다. 만약 대광고에 야구부가 아니라 축구부가 있었다면 아마 그는 축구 선수가 되었을 것이다.

근육과 몸이 말라가는 병에 걸린 그에게 격렬하게 움직이는 스포츠는 그것이 무엇이든 삶을 살아가게 하는 동인이 되었을 것이다. 그래도 삼열은 축구보다는 야구가 좋았다.

그런데 어떤 스포츠라도 지혜와 현명함이 없으면 대성하기 어렵다.

야구, 축구, 골프, 그 무엇이든 인문학에 바탕을 둔 철학이 있어야 한다. 그래도 천재인 삼열에게 가장 유리한 것은 머리를 가장 많이 쓰는 야구, 그중에서도 투수가 제격이었다.

"그런데 자기야, 결승전에서 왜 치호가 던져?"

상냥하고 나긋나긋하게 물어오는 수화의 말에 삼열은 정신을 차릴 수가 없었다.

여자의 무서움은 이런 친절함이다. 상냥하게 웃으며 이야기하면 도무지 정신을 차릴 수가 없다.

삼열은 수화의 눈웃음을 보고 기분이 야릇해졌다. 수화의 손을 잡고 말했다.

"그냥 홀짝 같은 거예요."

"홀짝?"

"이번엔 내가, 다음에는 치호가 던지는 거죠. 치호가 우리 팀의 에이스예요. 나는 갑자기 실력이 늘은 거고, 치호는 나보다 더 절실하게 성적이 필요해요."

"그게 무슨 소리야?"

수화는 이해할 수 없다는 표정을 지었다. 삼열이 메이저리그에 진출하려면 아주 좋은 성적이 필요할 것이라고 생각했기 때문이다.

고개를 갸웃거리는 수화를 보며 삼열은 미소를 지었다. 그런 그녀가 사랑스러웠던 것이다.

"나는 시험을 쳐서 대학에 들어갈 거예요."

"대학에?"

"네, 일단 입학만 하고 말 것이지만 필요할 것 같아요."

"왜?"

"야구를 그만두었을 때를 대비해야죠."

수화는 삼열의 말에 고개를 끄덕거렸다. 그녀도 사회생활을 하기 위해서는 학연이나 지연과 같은 것이 얼마나 중요한지 알고 있다.

삼열은 주말 리그를 준비하느라 올해 전반기 수시 전형에 지원하지 못했다.

2학기에도 수시 입학 전형이 있으니 지원을 해도 되고 수능 성적으로만 지원해도 문제가 없었다. 그는 어느 것을 선택해도 자신이 있었다.

"치호는 정상급 투수예요. 내가 치호보다 나은 것은 공이 좀 더 빠르다는 것뿐이죠."

"에이, 그건 아닌 것 같아."

수화는 삼열의 말에 고개를 저었다.

삼열이 얼마나 지독하게 연습을 하는지 알고 있는 그녀는 그의 말을 믿지 않았다.

\*          \*          \*

삼열은 아침 일찍 일어나 아파트를 나와 걸었다. 아파트 정원에 있는 나무들의 잎사귀가 바람에 흔들리는 모습이 무척이나 상큼하게 느껴지는 하루였다.

삼열은 집에서 몇 분 걸리지 않는 학교까지 걸어가며 늘어진 가로수들을 바라보았다.

붉은 벽돌이 깔린 보도블록 위를 걸어 학교에 도착하니 이미 반 이상의 선수들이 도착해 있었다. 삼열은 그들과 인사를 하고 가벼운 잡담을 나눴다.

"와, 정말 믿을 수 없어. 우리가 청룡기 결승에 진출하다니."

조영록의 말에 대부분의 선수도 고개를 끄덕였다. 그들 역시 믿지 못할 상황에 들뜬 마음은 같았다.

"형, 굉장하죠?"

"그래."

남우열의 말에 삼열이 고개를 끄덕였다.

그 역시 정말 이런 날이 올 것이라고는 생각해 보지 않았다. 높은 목표를 설정했지만 그것이 이루어질 것이라고는 믿지 않았다.

그는 루게릭병에 고통을 받고 있었다. 그의 몸은 날마다 생기가 조금씩 빠져나가 마른 나무처럼 변해갔다. 그리고 언젠

가는 죽을 것이라는 사실을 너무도 잘 알고 있었다. 그런데 지금은 완전히 상황이 바뀐 것이다.

'그래, 내가 생각해도 믿을 수 없어.'

삼열은 메이저리그를 꿈꾸고 있지만, 그렇다고 해도 대광고가 결승에 진출한 것은 무척이나 감동적이었다.

잠시 후에 감독과 나머지 선수들이 도착하자 차가 천천히 학교를 빠져나갔다.

"잘해, 떨지 말고."

"형, 어떻게 안 떨어요. 무진장 떨려요."

"뭐, 그럼 계속 떨든가."

삼열은 심호흡을 크게 하며 마음을 추스르는 송치호를 보며 말했다. 치호가 삼열의 말을 듣고 헤헤 웃었다.

삼열은 목동 구장에 도착하여 그라운드를 바라보았다. 결승전 상대는 대구 상원고였다. 대구 상원고는 작년 우승 팀이며 올해도 여전히 강력한 우승 후보였다.

상원고는 말이 필요 없는 전통의 강호다. 삼성 라이온즈의 주축 팀이 대구 상원고 출신의 선수들이라고 할 만큼 야구 명가다. 우용득, 장효조, 전병호, 김시진, 이만수, 양준혁 등이 상원고 출신이다.

그리고 올해 상원고의 투수 김성민이 미국 볼티모어와 마이너리그 계약을 해서 화제를 모았다. 그러나 볼티모어는 김성민과 계약을 할 때 KBO의 신분 조회를 거치지 않는 실수를 했다.

그래서 김성민은 협회로부터 무기한 정지를 받아 이번 대회에 참여할 수 없게 되었다. 그런데도 상원고는 결승까지 올라왔다. 대진 운이 좋았기도 했지만 실력이 상당했기 때문이다. 이런 학교는 에이스 한 명이 빠졌다고 갑자기 주저앉지 않는다.

상원고는 영리하게 게임을 했다.

주말 리그는 거의 하위권 성적으로 통과하고 청룡기 전국대회에 전력을 쏟아부은 것이다. 대광고와 비슷한 전략을 취한 팀으로, 전력이 딸리면 이렇게 하는 것이 현명했다.

상원고의 김성민이 빠졌어도 올해 입학한 투수 이준기가 그의 빠진 자리를 메워주었다. 게다가 기존의 투수진도 나쁘지 않아 강력한 타력을 갖춘 상원고로서는 단기전에서 높은 승률을 얻을 수 있었다.

"와아."

"강삼열 파이팅!"

경기가 시작되자 관중석에서 응원하는 소리가 들려왔다. 오늘 선발도 아닌 삼열을 응원하는 플래카드도 있었다. 플래카드에는 '야구 대마왕 완승!'이라고 쓰여 있었다.

이제 삼열의 팬 카페에 가입한 팬은 2만 명이 넘었다. 연예

인도 아니고 단순히 고교 야구 선수치고는 엄청나게 많은 팬을 확보한 것이다. 이는 그의 독특한 쇼맨십과 엉뚱함, 그리고 다소의 악랄함을 좋아하는 팬이 많아서였다. 물론 그가 현존하는 고교 최강의 투수라는 것도 한몫했다.

"형, 우리 학교에서도 응원 왔네요."

군데군데 도화지에 응원 문구를 적어온 학생들이 보이기도 했고, 제법 적지 않은 사람들이 대광고의 응원석에 앉아 있다. 반면 대구 상원고는 지방인데도 불구하고 응원하는 관중이 대광고보다 더 많았다. 역시 역사와 전통이 괜히 있는 것이 아니었다.

운동장에는 몇 대의 카메라가 보였다.

오늘 경기는 TV 중계를 한다. 물론 시청하는 사람은 많지 않겠지만 그래도 방송이 된다고 하니 삼열은 괜히 설레고 두근거렸다. TV중계를 한다는 사실 하나만으로도 이전에 했던 그 모든 경기보다 지금 이 한 경기가 더 중요한 것처럼 여겨졌다.

'결승전이니까.'

삼열은 결승에 선발로 서지 못하는 것이 조금 서운했지만 그렇다고 유승대 감독이 송치호에게 특혜를 준 것은 아니었다. 순서에 의해 등판하는 것이니 말이다.

상원고의 선수들이 수비 위치로 들어가서 자기들끼리 공을 주고받았다. 투수가 포수에게 연습구를 던졌다.

시작부터 온몸을 옥죄는 긴장감이 경기장을 지배했다. 공격을 먼저 하는 대광고나 수비를 하는 상원고 선수들 모두 팽팽한 긴장감으로 서로를 바라보았다.

잠시 후 플레이가 되고 상원고의 투수가 공을 던지자 양측은 긴장감에서 비로소 해방되었다.

이준기 투수가 공을 던지자 미트에 착 감기는 소리가 나며 주심은 크게 '스트라이크!'를 외쳤다.

구속은 위력적이라고 할 만큼 빠르지 않았지만, 문제는 제구였다. 코너를 찌르는 공에 타자의 배트가 따라 나가기가 힘들 정도로 예리한 공이었다.

'저 정도의 코너워크라면 프로 리그에서도 통하겠는걸.'

물론 프로에서 쉽게 통하지는 않을 것이다. 아마추어와 프로의 차이가 생각보다 크니 말이다. 그러나 상대 투수가 그런 생각이 들 정도로 굉장한 공을 던지고 있는 것은 사실이었다.

4구 만에 1번 타자 오동탁이 삼진으로 물러났다. 전체적으로 보면 송치호가 훨씬 위력적인 공을 던지지만 이준기 역시 고교 선수로는 드물게 좋은 공을 가진 선수였다.

"와우, 죽이는데요."

"워메, 잘 던지네."

"흠."

대광고 더그아웃의 분위기는 이준기의 위력적인 공에 다소 무거워졌다.

'상원고에 뭐라도 있나? 계속 좋은 투수가 나온단 말이야.'

삼열은 고개를 끄덕였다. 작년에 김성민은 청룡기에서 혼자 3승을 했고 방어율도 0이었다. 그런데 이준기 투수 역시 자책점이 1.25밖에 되지 않는다. 아무리 고교 야구에 도깨비 팀이 많다고 해도 대단한 방어율이 아닐 수 없다.

삼열은 끈질기게 이준기 투수를 물고 늘어지는 대광고 타자들을 바라보았다. 덕분에 이준기는 2번 타자에게 다섯 개의 공을, 3번 타자에게는 일곱 개의 공을 던져야 했다. 공수 교대가 되면서 들어온 타자들에게 다른 선수들이 물었다.

"공이 어때?"

"할 만하기는 한데 공의 무브먼트가 좋은 거 같아. 타이밍이 제대로 맞아도 공이 빗맞아서 날아가."

"젠장, 오늘 또 헤매겠군."

"자, 가자."

삼열은 수비하러 나가는 대광고 선수들을 바라보았다. 오늘따라 유난히 힘이 넘쳐 보였다. 대체로 이런 큰 경기에 나오면 주눅이 들게 마련인데 대광고 선수들은 전혀 그렇지 않았다.

어제 유승대 감독이 선수들을 모두 모아놓고 결승에 진출했으니 우승을 꼭 하지 않아도 대학 가는 데 문제가 없다고 말한 후로 극심한 부담감에서 해방되었다.

사실 황금 사자기 전국 대회 4강에, 청룡기 전국 대회 결승 진출이라면 유승대 감독의 말처럼 대학 걱정을 하지 않아도 되었다.

유승대도 우승이 탐나지 않는 것은 아니지만, 그렇다고 경험이 없는 선수들에게 부담감을 줄 수는 없었다. 이럴 때는 그냥 마음 편하게 해주는 것이 최고다. 다만 그는 꼭 승리하여 기뻐하자는 말만 했다. 그리고 지금 그는 자신이 한 말과는 반대로 제발 우승하기만을 바랐다.

대광고의 수비.

송치호가 마운드에서 연습구를 뿌렸다.

펑.

포수의 미트에 꽂히는 소리가 위력적이었다.

역시 송치호는 좋은 공을 던졌다. 이준기가 코너워크를 중심으로 한 공배합이라면, 송치호는 위력적인 직구를 가지고 타자를 윽박질렀다.

고교 타자가 145㎞/h에 가까운 공을 상대하기란 쉽지 않다. 게다가 송치호는 변화구도 상당히 좋아 타자들에게는 직구의 구속이 더 빠르게 느껴진다.

4회까지는 팽팽한 투수전이 계속되었다. 양 팀 모두 타자들이 끈질기게 승부하고 있어 선발투수들이 많은 공을 던지고 있었다.

딱.

치호의 변화구가 밋밋하게 들어오자 상원고의 4번 타자가 노리고 배트를 휘둘렀다. 공은 중견수의 키를 넘어가 2루타가 되고 말았다.

송치호는 거친 숨을 내쉬었다. 그는 벌써 한계치에 가까운 공을 던졌다. 숨이 턱에 찰 정도로 전력투구했기에 이제 더 이상 던지지 못할 것 같았다.

그가 슬며시 유승대 감독을 바라보았지만 아직 투수 교체를 할 생각이 없는 듯했다.

'휴, 왜 안 바꿔주지?'

이미 82개의 공을 던졌다. 치호는 자진해서 바꿔 달라고 하기가 그래서 이번 이닝만 참고 던지려고 했다. 그는 와인드업 하고 공을 던졌다. 공이 빠르게 날아갔다.

딱.

5번 타자가 받아친 타구가 쏜살같이 송치호에게 날아갔다.

'윽!' 하는 소리와 함께 치호는 쓰러지면서도 공을 잡아 3루를 바라보았다. 투구하고 나서 자세를 잡기 전에 날아온 공이라 미처 방비를 하지 못했던 것이다. 이는 순전히 경험이 부족한 탓이다.

3루로 간 선행 주자는 치호의 투혼에 홈으로 들어오지 못하고 멈춰야 했다. 그러나 이미 타자는 1루의 베이스를 밟은 뒤였다.

유승대 감독이 뛰어나왔다. 심각한 부상이 아니기를 바라는 마음으로 마운드에 올라가 그에게서 공을 넘겨받았다.

이미 한계 투구 수 가까이 왔기에 더 이상 치호를 마운드에 세울 이유가 없었다. 그의 뒤에는 더욱 강력한 투수가 버티고 있으니 말이다.

노아웃에 주자는 1, 3루의 위기 상황에 삼열은 마운드에 올랐다.

"형, 부탁해요."

"그래, 몸은 괜찮아?"

"열라 아파요."

치호는 가슴의 통증이 심한지 얼굴을 찡그렸다. 이마에 땀이 송골송골 맺히고 얼굴이 창백한 게, 부상이 심한 듯했다.

"병원 꼭 가봐."

"네."

유승대 감독은 삼열의 말에 귀를 기울였다. 아마도 그는 송치호를 병원에 즉시 보낼 것을 미처 생각하지 못했던 듯하다.

이처럼 한국 아마추어 야구는 예로부터 선수의 사소한 부상은 무시하는 경향이 있었다. 그러나 사실 이런 작은 무관심으로 인해 일찍 선수 생활을 마감하게 되는 경우가 많았다. 한국야구에서는 투수들의 혹사가 가장 많다.

상원고의 김성민은 작년 청룡기에서 3승을 거두었다. 5경기에서 3승은 그야말로 엄청난 혹사라고 할 수 있다.

160㎞/h를 가볍게 던지면서 메이저리그를 평정할 투수로 평가받았던 괴물 투수 마틴 스트라우스도 부상으로 인해 워싱턴 내셔널스에서 투구 수를 제한받고 있다.

아무리 괴물이든 뭐든 간에 투수는 혹사당하면 바로 부상이다. 마틴은 대학 시절 유타 대학을 상대로 23K 완봉승을 거둔 괴물이다. 그러나 그런 괴물도 부상은 피할 수 없는 법이다.

"뭐 하세요?"

삼열의 말에 유승대가 움찔 놀라며 2학년 후보인 하인태에게 치호를 데리고 병원에 다녀오라고 시켰다.

마운드에서 연습구를 던지며 삼열은 중얼거렸다.

"젠장, 폼 나게 등판해도 모자를 판에 이건 뭐, 똥부터 치워야 하네."

5회 무사 1, 3루에 있는 타자를 어떻게 치우느냐가 문제였다. 아무래도 1점은 내줄 각오를 하고 던져야 할 것 같았다. 1점도 안 주려고 하다가 대량 실점을 당하는 경우도 많으니 말이다.

삼열은 숨을 크게 들이마셨다. 아무리 그라도 긴장이 되는 것은 어쩔 수 없었다. 결승전이고 누상에 2명의 주자가 있으니 긴장이 안 된다면 그게 더 이상한 일이다.

상원고의 5번 타자 한채명은 장타력은 없어도 교타자로 알려져 있다. 그 사실을 기억한 삼열은 유인구를 던져도 스트라이크존을 크게 벗어나서는 안 된다고 생각했다.

'아까 보니 몸쪽 공에 약했지.'

송치호가 워낙 다양한 공을 많이 던지다 보니 곁에서 지켜본 삼열도 타자들의 장단점을 어느 정도 파악할 수 있었다. 천재가 이런 면에서는 편했다.

삼열은 와인드업하고 공을 던졌다. 그의 손을 떠난 공이 빠르게 날아갔다.

펑.

심재명 포수의 미트에 박힌 공은 요란한 소리를 냈다.

"스트라이크."

몸쪽으로 꽉 찬 직구였다.

메이저리그는 몸쪽 공 스트라이크를 잘 안 잡아준다. 메이저리그는 타자가 공을 치기 유리하도록 운영한다. 야구는 점수가 나야 재미있어지는 게임이니까. 투수가 공을 던지는 것을 구경하러 오는 관객은 많지 않다. 홈런이 나와야 야구는 재미있다.

한채명은 움찔 놀랐다.

몸쪽 빠른 공은 타자에게 상당히 위협적인 공이다. 그래서 실제보다 더 빠르게 느껴진다.

'제길, 마왕이 일찍도 나왔군.'

그도 인터넷을 달군 삼열의 행적을 알고 있었다. 이 강속구의 투수가 나오기 전에 점수를 냈어야 했는데 상대 투수의 구위가 너무나 좋았다. 철저하게 괴롭혀서 점수를 낼 타이밍에 마왕이 등장한 것이다.

아까 솔직히 공이 지나가는 것을 보았지만 몸이 제대로 반응하지 못했다.

그는 다시 날아온 2구에 배트를 휘둘렀다.

딱.

데굴데굴.

타구가 투수 앞으로 천천히 굴러갔다.

삼열이 재빨리 뛰어나와 타구를 잡아 3루를 바라보자 3루 주자는 움찔하며 돌아갔다. 2루는 늦어 1루로 던졌다. 3루 주자만 없었다면 병살로 잡을 수 있는 공이었는데 어쩔 도리가 없다.

'점수를 안 줄 수는 없겠지만, 그래도 가능한 주지 말아야 겠지.'

삼열은 정신을 집중했다. 6번 타자는 타격 감각이 별로 좋지 않았다. 특히나 송치호의 직구에 유독 약했었다.

삼열이 바깥쪽으로 포심 패스트볼을 던졌다.

펑.

"스트라이크."

150㎞/h에 이어 날아온 공은 커브였다. 공이 각이 예리하게 휘어져 들어갔다.

펑.

"스트라이크."

6번 타자 송준호는 상대 투수가 던진 공이 너무나 제구가 잘되어 들어와 배트를 제대로 휘두를 수가 없었다. 하지만 지금 자신이 안타를 치지 않으면 오늘 점수를 내지 못할 확률이 높았다.

그는 가운데로 날아오는 공을 보고 힘껏 배트를 휘둘렀다. 그러나 아무런 소리도 들려오지 않았다.

펑.

"스트라이크."

그는 고개를 숙이고 물러났다.

공이 타자의 앞에서 예리하게 꺾인 컷 패스트볼이었다. 삼열이 지난번 경기부터 자신 있게 사용하는 구종이다. 이제는 어느 정도 손에 익었다. 연습에서 던진 그 많은 공보다 시합에서 던진 것이 커터에 더 빠르게 적응하게 만들었다. 삼구 삼진이었다.

다음 타자는 투심 패스트볼을 던져 투수 앞 땅볼로 아웃을 시킴으로써 무사 1, 3루의 위기를 무사히 넘겼다. 공수가 교대되면서 삼열은 나지막하게 안도의 한숨을 내쉬었다.

"수고했어요, 형."

"수고했다."

유승대 감독이 다가와 수고했다며 삼열의 등을 두드렸다. 동료들도 그를 격려하며 환호했다.

그만큼 이번 이닝은 위기였다. 오늘은 단지 세 개의 아웃 카운트를 잡았을 뿐인데도 피곤함이 느껴졌다. 그만큼 심력이 많이 사용된 이닝이었다.

강력한 공을 가지고 있는 송치호도 상원고의 타자들에게 시달렸다. 하지만 강철 같은 심장을 가지고 몸쪽 바깥쪽을 마구 찌르는 송곳 같은 삼열의 제구에 상대 타자들은 제대로 대응하지 못했다.

송치호도 강속구를 가져 제대로 공략을 못했는데 삼열의 공은 더 빨랐다. 게다가 삼열의 공은 무겁고 무브먼트까지 좋다.

6회 초에는 대광고의 8번 타자 김민우가 나갔다. 상원고의 투수가 바뀌었다.

새로 바뀐 투수는 4강에서 승리 투수가 된 오대호였다. 직구도 빠르고 변화구의 각이 좋은 투수다. 하지만 그때의 경기에서는 그의 구위가 좋아서 이겼다기보다는 상대 팀의 실수와 약한 타력에 기인한 바가 컸다.

선두 타자로 나갔던 김민우가 5구 끝에 외야를 가르는 타구를 날려 2루타를 만들었다.

'제법이네.'

삼열이 느긋하게 의자에 앉아 경기를 보는데 옆에서 오동탁이 배트를 들고 나가려다가 주춤하며 삼열에게 다가왔다.

"형, 이번이 형 차례예요."

"아, 그렇지."

삼열은 서둘러 배트를 가지고 나갔다. 조금 늦게 나왔지만 그렇다고 아주 늦은 것은 아니어서 주심은 삼열에게 아무런 말도 하지 않았다.

"형, 홈런 쳐요."

뒤에서 스윙 연습을 하려고 하던 오동탁이 삼열에게 소리쳤다.

'그게 내 마음대로 되나?'

속으로 한마디 한 삼열은 오대호 투수의 초구를 그대로 받아쳤다. 투수라고 얕보는 듯 가운데로 공이 몰렸던 것이다. 공이 쭉쭉 뻗어 나가면서 펜스를 넘어갔다.

"와아!"

"와, 홈런이야."

가까운 더그아웃에서부터 관중석에서도 환호가 튀어나왔다. 삼열도 홈런을 친 것을 좋아하면서도 좀 어이가 없었다.

'나 타격에 완전 재능이 있구나!'

마운드를 돌면서도 이런 생각이 떠나가지 않았다. 그냥 귀찮아서 일찍 휘두르고 죽으면 더그아웃에 들어가서 쉬려고 했다.

그는 타격에 관심을 끊은 후부터는 죽든 살든 그다지 크게 상관하지 않았다. 물론 맞는 순간 감은 좋았다. 하지만 그렇다고 홈런이 될 줄은 몰랐다.

오대호는 담장을 넘어간 공을 보고 망연자실하였다. 이번 홈런은 그가 실수한 것이라기보다 지난번 경기에서 완투하는 바람에 지쳐 있었던 탓이 컸다.

에이스 김성민이 빠진 공백을 1학년 이준기 투수가 완벽하게 메우지 못해 투수들이 무리를 많이 했던 것이다.

투런 홈런을 맞은 오대호는 이후 대광고의 타자들에게 난타를 당했다. 그는 한껏 달아오른 대광고 타자들을 막아내지 못하고 4실점 하면서 물러났다.

이후에 구원계투진이 나왔지만 그다지 대단한 투수는 없었다. 후반에 들어서 대광고는 너무나 쉽게 경기를 리드해

나갔다.

9회에 오른 삼열은 관중석에 있는 수화를 향해 예의 두 팔로 하트를 만들었다. 카메라가 삼열을 따라 관중석으로 움직였지만 수화는 이미 자리를 피한 후였다. 그녀는 오늘 TV 중계를 한다고 해서 조심하고 있었다.

'왜 자꾸 하트를 만들고 난리야. 엄마가 보면 큰일 나는데.'

수화는 사람들 사이에 숨으면서 난처했다.

고교 야구라 그런지 다행히 카메라가 집요하게 따라붙지는 않았다.

이상호 아나운서와 최홍만 해설위원이 그 모습을 보고 한마디씩 했다.

―하하. 강삼열 선수가 관중석을 보고 하트를 그렸는데요, 재미있군요. 아직 경기가 끝나지 않았는데 말입니다. 그런데 카메라가 강삼열 선수의 피앙새를 잡지 못한 모양이네요.

―하하하, 네. 강삼열 선수는 기행으로 유명한데요, 오늘도 한 건 했군요.

―그나저나 상원고가 이렇게 무너질 줄은 정말 몰랐데요. 반면 대광고가 올해의 막강한 다크호스로 떠올랐지만 결승전에서 이렇게 잘할 줄은 몰랐습니다. 대광고가 결승전까지 올라올 수 있게 된 것은 송치호라는 에이스가 있어서 가능했지

만 강삼열이라는 초고교급 투수의 공헌이 워낙 컸습니다. 아마도 야구를 시작한 지 얼마 안 되어서 유승대 감독이 2선발로 던지게 한 것인지 몰라도 엄청난 투수인 것은 틀림없습니다. 자신이 등판하는 경기에서 모두 완투로 승리하고 송치호 선수의 경기를 마무리도 하니 말이죠.

삼열은 마운드에서 무시무시한 공을 계속 뿌렸다. 점수 차가 벌어지자 1, 2점 정도는 내줄 생각을 하고 던졌다. 그러자 공은 더 위력적으로 변했다.

원래 부담 없이 던져야 제대로 된 공을 던질 수 있는 법이다. 강심장을 가진 투수가 성공하는 이유도 어지간하면 긴장을 하지 않기 때문이다. 경기를 망칠 정도의 긴장은 몸을 움츠리게 만들어 제 실력을 발휘하지 못하게 할 뿐만 아니라 실수를 유발하게 한다.

삼열은 어린 시절 죽음과도 같은 어두운 터널을 거쳐 왔다. 그리고 왕따를 겪으면서 고생이란 고생은 다 해봤기에 이런 경기에서 느끼는 긴장감은 다른 선수가 하는 것과 비교할 수 없을 정도로 적었다.

삼열은 투구 후에, 자신의 옆을 스쳐 지나가는 공을 그대로 지켜봤다.

몸의 균형이 제대로 잡히지 않은 상태에서 무리한다고 잡을 수 있는 타구가 아니었다. 그러자 2루수가 공을 잡아서 1루에 송구하였다.

투수는 수비수를 믿어야 한다. 모두 자신이 해결하려면 삼진을 잡을 수밖에 없다. 그러나 모든 경기를 투수가 삼진으로 해결할 수는 없다.

아웃 카운트는 이제 두 개 남았다. 수많은 선수가 이 마운드에 서보고 싶어 했을 것이라고 생각하자 삼열은 기분이 좋았다.

'나는 마운드의 제왕이다. 칠 테면 쳐봐라.'

삼열은 와인드업하고 힘차게 공을 뿌렸다. 그의 손을 떠난 공은 섬전(閃電)처럼 날아갔다.

펑.

"스트라이크!"

이번에는 공이 한가운데로 정직하게 들어갔다. 타자의 배트가 휘둘러졌지만 공은 그대로 미트로 빨려 들어갔다.

'다시.'

삼열은 그대로 가운데로 던졌다.

타자가 힘껏 배트를 휘둘렀다.

딱.

하지만 타구가 뻗지를 못하고 중견수 오동탁에게 잡혔다. 투심 패스트볼로 회전이 강하게 걸린 공이었다. 그래서 제대로 맞았지만 뜬공이 되고 말았다.

삼열은 자신을 찍는 카메라 앵글을 보며 두 손을 들고 외쳤다.

"파이팅!"

그리고 주먹감자를 먹였다.

감자가 작고 교묘하게 모선을 취해 욕인지 파이팅인지 보는 사람들마다 헷갈리게 만들었지만, 그것은 확실한 욕이었다. 그의 인생을 엿먹여 왔던 불행과의 작별을 의미하는 것이기도 하였다.

펑.

"스트라이크."

마지막 타자의 배트가 헛돌면서 마침내 경기가 끝났다. 모든 선수가 뛰어나와 좋아하며 승리를 축하했다. 삼열은 선수들에게 둘러싸여 승리를 즐겼다.

＊　　　＊　　　＊

우승.

드디어 대광고가 우승했다.

삼열은 대회 MVP에 뽑혔다. 당연한 일이었다. 결승전에서 구원 등판하여 투런 홈런을 뽑아내고 상원고의 타자를 강력한 구위로 틀어막았으니 말이다. 삼열이 마운드에 오르고서는 1루에 나간 주자가 단 한 명도 없었다.

청룡기 전국 대회가 끝나자마자 인터뷰 요청이 쇄도했다.

고교 선수가 150km/h가 넘는 공을 던지는 것도 호기심을 자극했지만 마지막 이닝에서 방송국 카메라에 주먹감자를 먹인 것이 주효했다.

방송을 본 사람마다 욕이다, 아니다 말들이 많았기 때문이다.

─MBS 스포츠, '야구가 좋다'의 이민영 아나운서입니다. 세간에 화제가 되었던 9회 말에 강삼열 선수가 취한 행동에 대해서 말들이 많은데, 이야기를 해주실 수 있겠습니까?

"그거 욕 맞습니다. 제 불우한 환경에 대한 욕이기도 하였지만 아버지의 재산을 가지고 도망간 작은아버지에 대한 욕이었습니다. 제발 그렇게 살지 마십시오. 천사 같은 얼굴로 다가와 어린 조카의 돈을 강탈해 가서 잘 먹고 잘 사시나요? 작은 아버지, 행복하신가요? 반드시 복수할 겁니다."

─아… 아니, 시청자 여러분께서도 당황하실 것 같은데요 좀 더 자세히 말씀해 주실 수 있으신가요?

"그게 다입니다. 저하고 일면식도 없고 유감도 없는 국민께 제가 욕을 할 리는 없죠."

'야구가 좋다'의 인터뷰 때문에 삼열의 이야기가 아홉 시 뉴스에도 나왔다. 그리고 어떻게 알았는지 그의 가족사가 세세하게 흘러나왔다.

그동안 삼열은 아버지의 죽음으로 작은아버지가 얼마나 사기를 쳤는지 제대로 알지 못했다. 다만 아버지가 계실 때는 유복한 생활을 하다가 갑자기 생활이 어려워진 정도로만 알고 있었는데, 역시나 언론은 무서웠다.

무려 17억 정도나 되는 돈을 작은아버지가 보호자를 자처하면서 훔쳐갔다.

삼열이 그 돈이 얼마인지 몰랐던 이유는 그 당시 너무 어렸고 작은아버지가 금액을 절대로 알려주지 않았기 때문이었다.

삼열도 이 사건이 이렇게 확대될 줄은 몰랐다. 못 먹는 감 찔러나 본다는 심정이었는데 협회에서는 제재한다는 말도 나왔고 변호사들에게서 전화가 오기도 했다.

대한야구협회가 삼열을 상벌 위원회에 올렸다. 신성한 스포츠 정신을 위반했다는 것이다.

삼열은 쓴웃음밖에 안 나왔다. 그냥 재미 삼아 한번 해봤는데 일이 이렇게 커지니 그가 할 수 있는 것은 없었다. 그리고 어차피 한국에서 야구할 생각도 없었다.

구단과 계약을 하면 최소 8년간 팀을 선택할 수 없는 불공평한 게임이었다. 그것도 대학을 나와야 해당된다. 아니면 9년

이다. 노예 계약은 물론 아니지만 자유 계약 선수(FA)가 되는
데 너무 오랜 시간이 걸리는 것이 문제다.

올해 상원고의 김성민이 잘못한 것은 물론 있다.

에이전트가 없는 그가 메이저리그의 구단으로부터 제안이
들어오자 사인을 했다.

한미 야구 협정에는 KBO를 통해 신분 조회를 필히 거쳐야
한다고 되어 있다. 그리고 고3이 되어야 프로 리그와 접촉할
수 있다는 조항도 어겼다. 그렇다고 영구 출장 정지는 또 뭔
가?

다행스럽게도 여론이 삼열에게 유리하게 돌아갔다. 어려서
고아가 된 소년이 혼자 작은 아파트에서 생활하다가 야구 선
수가 되었다는 이야기에 온 국민이 감동하였다.

게다가 전교 1등이라는 성적이 공개되자 그의 인기는 말할
수 없이 올라갔다. 한국에서 공부를 잘한다는 것은 아주 큰
스펙이다.

방송국 카메라에 감자를 먹이지 않았으면 그냥 공 잘 던지
는 고등학교 투수로 남았을 삼열의 이야기들이 자꾸만 쏟아
져 나왔다.

특히 방송에 공개한 그의 작은아버지에 대한 이야기는 온
국민의 공분을 샀다. 고아가 된 조카의 돈을 착복한 이야기가
방송되고 나서 변호를 맡아준다는 변호사들의 전화도 많이

받았다.

삼열의 인기가 범국민적으로 올라가자 대한야구협회도 처벌의 강도를 낮출 수밖에 없게 되었다.

3개월간의 출장 정지를 내렸는데 올해 더 이상의 전국체전에 나갈 생각이 없는 대광고였으니 삼열에게는 있으나 마나한 벌이었다. 사실 나가고 싶어도 나갈 수 없다는 게 더 맞는 말이었다. 송치호의 갈비뼈에 금이 갔기 때문이다.

삼열의 뛰어난 실력과 성적표의 공개가 맞물려 몇 개의 CF도 찍게 되었다. 그리고 정신없이 시간이 지나갔다.

\*          \*          \*

삼열은 눈 내리는 길을 걸었다. 학교로 가는 짧은 거리가 멀게만 느껴지는 날씨였다. 길과 건물들이 모두 눈에 묻혀 하얗게 변해 버렸다.

푹푹 빠져드는 길을 걸으며 삼열은 올해 유난히 눈도 많이 오고 춥다고 생각했다.

수능 시험은 예상대로 전국 1위를 했다. 삼열은 2학기에 수시를 볼까도 생각했으나 감자를 먹인 사건으로 이리저리 치이느라 준비를 하지 못했다.

정신적으로 여유가 없다 보니 수시를 차분하게 준비할 시간이 없었다.

그리고 삼열은 대광고의 장팔봉 교장과 약속한 대로 서울대 수석 입학을 하였는데 이는 그도 원한 바였다.

교장실을 방문한 삼열에게 장팔봉 교장이 좋아하며 축하를 했다.

"정말로 고맙네. 자네가 약속을 안 지키고 프로야구 선수가 되면 어쩌나 했어."

"약속은 지켜야죠."

"입학금은 재단에서 내줄 것이네."

"고맙습니다."

"허허허."

삼열은 장팔봉 교장이 말하지 않았어도 원래부터 서울대를 갈 생각이었다. 수화와 어느 정도 사회적인 수준을 맞추려면 한 학기 정도는 서울대를 다니는 것이 좋을 것이라는 생각에서였다.

그리고 시간이 흘러갔다.

졸업.

삼열은 대광고를 졸업했다. 하지만 그는 졸업하고 야구를 하지 않아도 언제나 성실하게 훈련했다.

고등학교를 졸업하고 대학에 갔을 때 메이저리그의 두 개 구단에서 그에게 관심을 표하였다.

보스턴 레드삭스와 뉴욕 양키스였다. 둘 다 메이저리그 최고의 명문 구단이라 어느 곳이 되어도 상관은 없다.

스콧제임스가 최종적으로 한국으로 나와 삼열과 의견을 조율하였다.

"삼열 씨, 뉴욕 양키스가 최강의 팀인 것은 확실하나 실제로는 여러 가지 문제가 있습니다. JJ.버킨을 제외하고는 선발진이 붕괴되었습니다. 구로다 히로키도 구위가 노출되어 처음과 같은 위력적인 공을 던지지 못하고 있으며, 무엇보다도 주축 선수들의 노령화가 심각합니다. 그리고 메이저리그의 확실한 마무리 마리아노 리베라도 곧 은퇴할 것이고, 지터와 로드리게스도 나이로 인해 후반기에는 체력적인 문제가 드러날 것입니다. 이에 반해 레드삭스는 선발진이 한 시즌을 이끌고 가기에는 무리가 있고, 새로 부임한 바비 슐츠 감독이 팀을 장악할 수 있을지도 명확하지 않습니다. 다만 제이콥 얼스베리, 곤잘레스, 다비드 루이스 등 타자들의 화력은 믿을 만합니다. 삼열 씨가 1년간은 마이너리그에 있을 거라 가정해도 전체적인 그림은 크게 변할 것 같지 않습니다."

삼열은 생각했다. 뉴욕 양키스는 최고의 명문 구단임이 확실하지만 그만큼 규율이 엄격하다.

조지 스타인브레너가 구단주가 되면서 승리를 위해서는 모든 것을 포기하는 공포 정치를 했다. 그리고 그 전통은 아직도 이어지고 있다.

양키스 구단은 콧수염을 제외하고는 고등학교처럼 두발의 자유가 없는 구단이다. 장발을 하려면 구단을 떠나야 할 정도로 규율이 엄격하다.

보스턴 레드삭스는 밤비노의 저주를 먼저 떠올리게 하는 팀이다. 2004년에 월드 시리즈에서 우승을 거두었는데, 베이브 루스를 양키스에 판 이후 86년 만의 일이었다.

두 팀이 삼열에게 제시하는 계약금은 비슷하였다. 양키스가 250만 달러, 레드삭스가 220만 달러였다.

"어느 팀이 제게 좋을까요?"

"양키스는 세대교체가 쉽게 이루어지기 곤란할 것입니다. 남아 있는 선수들의 명성이 워낙 크니까요. 반면 레드삭스는 투수진만 보강되면 언제든지 월드 시리즈를 노려볼 만합니다."

삼열도 은근히 보스턴 레드삭스가 끌렸다.

비록 계약금이 조금 적지만 선발진에 진입하기도 편해 보였고 보스턴이 더 강력하게 삼열을 원했다. 벌써 그들은 세 번이나 구단의 관계자가 직접 찾아와 삼열을 만나고 돌아간 반면 양키스는 실무진이 한 번밖에 찾아오지 않았다.

하지만 레드삭스는 왠지 불길한 느낌이 많이 들었다. 저주가 풀렸다고는 하지만 전통의 강호라는 팀이 86년이나 우승을 하지 못했다는 것은 어딘가 좀 이상했다.

'결정하기 쉽지가 않네. 한 번 계약하면 25인의 로스트에 들어서 6시즌은 보내야 한다. 물론 3시즌이 지나면 연봉 조정 신청을 할 수 있지만 말이지.'

스콧제임스는 말없이 삼열의 대답을 기다렸다. 삼열의 경우는 메이저리그 구단과의 계약이 늦어진 편이었다. 이는 삼열이 서울대에 진학하겠다는 말을 했기에 스콧제임스가 조금 느긋하게 일정을 잡은 탓이다.

마이너리그 계약으로 시작하기에 서두르지 않아도 된다. 아무리 구단의 사정이 어려워도 두 구단 역시 마이너리그를 거치지 않고 곧장 메이저리그에 합류시킬 일은 일어나지 않을 것이다.

"두 팀 다 장단점이 있군요."

삼열은 뜬공 투수가 아니기에 특별히 구장을 선호하거나 꺼리는 것은 없다.

'어떻게 한다?'

삼열은 며칠째 고민을 거듭했다. 이메일로 전해 받은 내용이기에 새삼스러울 것은 하나도 없었다.

그런데 LA다저스가 삼열에게 관심을 가지지 않는 것은 이해할 수 없는 일이었다. 물론 최근에 LA다저스 구단이 매각 절차에 들어간 것도 있지만, 그들은 박찬호의 덕을 톡톡히 보앉었다.

스콧제임스는 에이전트가 특정 팀을 추천해서 유리한 계약을 이끌어가거나 하지는 않는다고 했다.

대행인이기에 최대한 고객이 가장 유리한 계약을 하도록 자료들을 제시할 수는 있지만 결국 결정하는 것은 선수 본인이다.

그때 수화가 호텔 커피숍에 들어왔다.

원래는 스콧제임스가 묵는 호텔 방에서 이야기를 나누려고 하다가 수화가 온다고 해서 커피숍으로 옮긴 것이다.

"안녕하세요?"

"어서 오세요. 반갑습니다."

수화는 삼열의 옆에 앉았다. 그러고는 그윽한 눈빛으로 삼열을 바라보았다.

"결정했어?"

"아직요. 생각보다 힘드네요."

"왜?"

"일장일단이 있어서요."

삼열은 자신이 아는 양 팀의 조건을 수화에게 말해주었고, 그녀는 듣자마자 주저 없이 레드삭스를 추천했다.

"빨간 양말로 해."

"왜요?"

"그냥, 그 팀이 좋을 것 같은데⋯⋯."

뭐 이런 어이없는 말이 있나 싶었지만 삼열은 수화의 말을 듣고 레드삭스와 계약하기로 마음을 먹었다.

수화의 입장에서는 하버드나 MIT가 있는 보스턴이 더 마음에 들었다. 물론 뉴욕도 마음에 드는 도시이지만 아직 나이가 어린 그들에게는 보스턴이 더 나을 것 같다는 생각이 들었다.

"그럼 보스턴 레드삭스로 하기로 해요."

"그래요⋯⋯?"

스콧제임스는 두 사람을 보더니 피식 웃었다. 어쨌든 어느 구단을 선택해도 문제가 될 것은 없었다.

"알겠습니다. 메이저리그로 올라갈 때의 조건도 숙지하셨죠?"

"네."

"그럼 레드삭스와 계약을 추진하겠습니다. 계약이 체결되면 아마 삼열 씨의 사정을 고려한다고 하더라도 학기 중에 미국으로 갈 수도 있습니다."

"네, 그렇게 하죠."

삼열은 대학을 한두 달만 다녀도 상관없다. 대학 졸업을 염두에 두고 서울대를 선택한 것은 아니니까.

대학은 그의 인생을 지나가는 아주 작은 점에 불과했다. 그는 더 많은 시간을 그라운드에서 뛰며 젊음을 불태우기를 원했다.

"오늘 여기 나온 김에 우리 데이트하자."

"좋아요."

삼열은 아직 학기가 시작되지 않은 2월의 마지막 날을 수화와 함께 보냈다. 여전히 거리는 추웠지만 아름다운 날들이었다. 어두운 그림자가 지나가자 밝은 햇살이 삼열의 인생에 빛을 비추었다.

'이제 시작하는 거야.'

삼열은 수화의 손을 잡고 인생을 설계할 생각을 했다. 그러자 가장 먼저 대두되는 것은 역시 결혼이었다.

결혼이 문제가 되자 수화는 결정을 내리지 못했다. 여자에게 결혼은 정말 결정하기 힘든 일이니까 삼열은 망설이는 그녀의 태도를 이해하였다.

결혼을 일찍 할 생각이 없었던 그녀로서는 정말 갈등의 순간들이었다. 하지만 사랑이 없어서 그녀가 망설이는 것은 절대로 아니었다.

두 사람은 결혼하면 아이는 몇을 낳고 어떻게 살까 하는 이야기는 많이 나눴지만 막상 언제 결혼할지에 대해서는 결정하지 못했다. 그것은 그녀가 아직 어려서 더욱 그랬다. 그녀는 이제 갓 대학 3학년이 되었을 뿐이다.

그렇게 시간을 보내다 보니 개강을 해서 삼열은 수업을 들었다.

대학의 강의 내용은 새로운 것은 없었지만 고등학교와 전혀 다른 자유로운 분위기에 삼열은 기분이 좋았다.

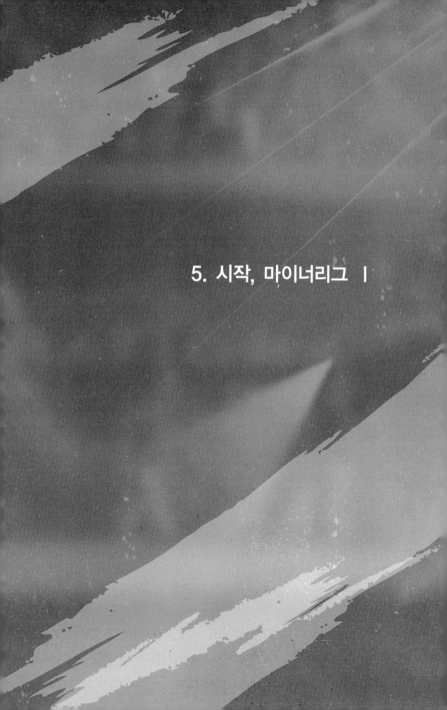

# 5. 시작, 마이너리그 Ⅰ

MLB
메이저리그

대학을 2주일쯤 다녔을 때 드디어 보스턴 레드삭스로부터 계약서에 도장을 찍기 위한 간단한 테스트를 받으라는 연락이 왔다.

삼열이 비행기를 타고 보스턴 로건 국제공항에 내리니 샘슨 사의 직원이 기다리고 있었다.

"에드워드 루이라고 합니다. 이제부터 제가 호텔까지 모시겠습니다."

삼열은 에드워드와 인사를 나눈 뒤 회사 차를 타고 가 호텔에 짐을 풀었다. 창밖으로 보스턴의 시내가 한눈에 내려다 보였다.

"영어를 잘하시네요."

에드워드가 삼열의 영어 실력을 칭찬했다.

"아, 뭐 이까짓 언어쯤이야……."

"네?"

"영어, 일본어, 스페인어 다 합니다. 물론 자유롭게 대화를 나눌 정도는 아니지만 그렇다고 아주 못하지도 않습니다."

"와우, 이거 대단한데요. 사실 저희는 걱정을 많이 했거든요. 한국 선수들이 영어를 힘들어해서요."

"언어가 까다롭기는 하죠. 학교에서 배운 영어와 실제 사용하는 영어가 미묘하게 다른 것을 생각하면 아직 배워야 할 것은 많습니다."

"뭐, 그 정도면 엑설런트 합니다. 발음도 좋고 사용하는 단어도 고급 단어가 많으니. 야구에서 사용되는 언어야 뭐, 별거 없죠. 영어를 아주 못하는 경우라면 물론 문제가 되겠지만 말입니다."

"……."

삼열이 가만히 있자 에드워드는 삼열에게 몇 가지 기본적인 호텔 이용 방법을 가르쳐 주고는 내일 하루 더 쉬고, 그다음 날부터 신체 테스트가 있으니 시차 적응을 그 안에 끝내라는 말을 하고는 사라졌다.

삼열은 말없이 창밖을 바라보다가 냉장고에서 물을 꺼내 마셨다. 그러고는 일찍 자고 다음 날 아침에 일어났다.

그는 호텔에서 운영하는 피트니스 클럽에 가서 러닝머신 위에서 뛰었다. 그는 늘 뛰었다. 운동할 때나 안 할 때나 뛰는 것은 그의 생활이었다. 뛰지 않으면 육체가 굳어지기 때문이다.

루게릭병. 아직까지 육체의 저주가 완벽하게 끝난 것이 아니었다.

삼열은 땀을 흘리며 육체가 감당할 수 없을 때까지 미친 듯이 달렸다. 이런 것쯤이야 얼마든지 견딜 수 있다. 심장이 찢어질 듯 꿍꽝거리며 뛰어도 변하지 않는 진실은, 그래야 살아갈 수 있다는 것이다.

육체의 한계를 극복하는 날, 아마도 루게릭병은 나을 것이다. 미카엘이 말해주지 않았어도 알 수 있었다.

'그는 잘 지내고 있을까?'

오랜만에 미카엘이 생각났다. 수화를 보면 또 한마디 할 것이다. '너의 짝짓기는 잘되고 있나?'라고 말이다.

'정말 나는 짝짓기를 잘하고 있나?'

삼열은 웃었다. 거칠게 뛰는 심장이 그를 괴롭혔지만 이렇게 뛰면 다음 날은 더 상쾌해진다는 것을 너무도 잘 알았다.

두 시간을 가볍게 뛰고 호텔 방에 올라와 다시 낮잠을 잤다. 한국과 보스턴의 시차가 많이 나서인지 잠은 시도 때도 없이 쏟아졌다.

삼열은 그제야 왜 에드워드가 시차 적응을 잘하라고 했는지 알 것 같았다. 여행 경험이 전혀 없는 삼열로서는 이런 것에 능숙하지 못했다. 수화를 보지 못한 것이 며칠밖에 안 되었음에도 보고 싶어졌다.

"나, 여기서 잘할 거예요. 난 메이저리그를 정복할 겁니다. 그래서 내 운명의 주인공이 되어 스스로 빛나게 만들 겁니다."

삼열은 마치 제삼자에게 말하듯이 거울을 보고 정중하게 말했다. 그리고 저녁을 먹고 일찍 잠자리에 들었다. 첫째 날보다는 잠이 드는 데에 시간이 덜 들었다. 그래 봐야 한 시간을 뒤척이다가 잠에 빠진 것이지만.

아침을 먹고 나니 에드워드와 스콧제임스가 같이 왔다.

"반갑습니다."

"어서 오세요."

삼열은 두 사람을 반갑게 맞이하였다. 스콧제임스는 어제까지 다른 고객을 만나기 위해 캐나다에 있다가 삼열의 일정에 맞춰 왔다.

서로 간단하게 안부를 묻고 곧장 레드삭스의 스포츠 공학

센터에 갔다. 이미 의료진과 스포츠 닥터들이 기다리고 있었다. 삼열은 어떤 테스트를 받게 될지 충분하게 설명을 들었다.

먼저 심전도 검사와 체력을 측정한다. 심전도 검사야 기계가 하는 것이니 어려울 것이 없다. 그리고 근력과 스피드, 지구력을 테스트하기로 했다.

스피드는 구속과 수비 능력과 연관이 되며 지구력은 몇 이닝을 소화해 낼 수 있는지에 대한 인체 공학적 데이터를 뽑기 위한 것이다. 이런 테스트에는 러닝만 한 것이 없다.

그래서 삼열은 몸에 이상한 전자 장비를 달고 러닝머신에서 뛰기 시작했다. 처음에는 천천히 뛰다가 점차 속도를 높였다. 러닝은 스피드와 지구력을 동시에 측정할 수 있는 좋은 방법이다. 삼열은 끝없이 뛰었다. 그러자 사람들의 입에서 탄성이 튀어나왔다.

"오 마이 갓. 믿을 수가 없어."

스포츠 닥터 하나가 그의 뛰는 속도와 시간을 보더니 믿을 수 없다는 듯이 두 눈을 부릅떴다. 그는 두 시간 동안 뛰면서도 지치지 않았다. 제법 속도를 높였지만 그의 최고 속도에 비하면 한참이나 모자랐다.

"믿을 수 없어."

"테러블. 지저스 크라이스트!"

인간의 신체가 이렇게 강할 줄 몰랐는지 의사들도 놀라고 말았다.

의료진과 스포츠 공학자들은 삼열에게 더 이상의 측정은 불필요하다고 느끼고 러닝을 중단시켰다. 이후에 어깨 근육과 손목 힘을 측정하였다.

"흠, 어깨 근육은 아직 더 강화를 시킬 여유가 있군요. 손목 힘도 그렇고요. 일단 나이가 어리다는 것이 유리하게 작용하고 있습니다."

"그래도 굉장히 좋은 편이네요. 구속도 더 늘어날 텐데 잘하면 100마일까지도 나올 것 같습니다."

삼열은 그들끼리 주고받는 말을 들었다. 정확한 내용이야 정밀하게 검사를 해보고 알 수 있겠지만 대략적인 것은 전문가들의 눈에 확실히 보이는 법이다. 이들이 이렇게 말할 수 있는 이유는 삼열의 무지막지한 체력을 보았기 때문이다.

첫날은 체력 측정을 했고 다음 날은 투구와 관련된 구위와 구종을 점검했다. 아마도 스콧제임스가 제공한 자료들을 점검하는 차원인 것 같았다. 자꾸만 최고 구속을 요구하는 것을 보니 말이다. 구속은 99마일까지 나왔다.

그리고 포심, 투심, 컷 패스트볼, 커브볼을 던졌다. 아직까지 삼열이 던질 수 있는 공은 이 네 종류뿐이었다. 슬라이더는 배우다가 말아서 던질 수가 없었다.

"무엇보다도 제구가 안정적이군."

레드삭스의 관계자가 삼열의 구위를 보며 혼잣말로 중얼거렸다. 그는 삼열의 구속에 상당히 놀란 듯했다.

자꾸만 최고의 구속을 던지라는 말에 짜증을 내는 듯했지만 삼열이 '끙!' 하고 소리를 지르며 던지자 놀랍게 100마일 가깝게 구속이 나온 것이다. 이 정도면 쉽게 95마일 내외로 공을 뿌릴 수 있다. 이는 메이저리그에서도 톱클래스에 속하는 구위다.

이로써 구단의 입단 검사는 모두 끝났다.


모든 일이 끝나자 삼열은 백화점으로 가서 수화에게 줄 선물을 사기 시작했다.

'아, 그러고 보니 우리 커플 반지도 없었구나.'

삼열은 티파니 매장을 보며 그런 생각을 했다. 만나서 이야기하고 밥 먹고 사랑하기 바빴다. 결혼하자는 말이 오가면서도 흔한 반지 하나 사주지 못했다. 미안한 마음이 들었다.

어쩌면 둘 사이에 결혼 이야기가 더 진전되지 못한 것이 혹시 청혼하지 않아서였을까 하는 생각을 하자 자신이 바보같이 느껴졌다.

부자는 아니지만 미카엘이 준 통장에는 아주 많은 돈이 들어 있었다. 소박하게 산다면 평생 먹고살 수 있을 정도의 돈이었다. 게다가 자신은 이제 레드삭스와 계약을 하고 돈을 받게 될 것이다.

삼열은 작은 다이아몬드가 박힌 반지를 샀다. 특별히 아름답거나 해서 산 것은 아니었다. 그냥 평상시에 끼고 다녀도 좋을 정도로 깔끔하고 귀여운 반지였는데 다른 반지에 비해 조금 비쌌다.

삼열은 티파니라는 로고가 예쁘게 박힌 반지 케이스를 보며 어떻게 청혼을 할까 생각했다. 수화가 좋아하는 청바지와 명품백들이 한국보다 터무니없이 쌌다.

'하긴, 여기서 대중적인 옷들도 한국 가면 명품으로 돌변한다고 하니.'

대학생이 된 후에 이것저것 주워들은 게 있다 보니 수화가 소박한 성격은 아니라는 생각이 들었다. 물론 적당히 명품을 밝히지만 된장녀는 아니었다. 그 나이의 여자가 흔하게 가질 수 있는 허영심이었다. 여자에게 그런 게 아예 없다면 또 심심하지 않을까 하는 생각도 들었다.

삼열은 특별한 날이 아니면 청바지에 흰 티를 즐겨 입곤 하는 수화를 생각하자 기분이 좋아졌다.

지금이야 삼열도 옷을 입혀놓으면 태가 좀 나지만 처음 수화를 만났을 그 당시는 정말 엉망이었다. 머리도 옷도 촌티가 풀풀 풍겼었다. 그럴 수밖에 없는 것이, 인생의 막장에 있었으니 자신을 멋지게 꾸밀 여유가 조금도 없었다. 그때는 죽느냐 사느냐 하는 기로에 서 있었으니까.

삼열도 입을 옷을 몇 가지 샀다. 청바지와 재킷을 입으니 꽤 멋이 났다. 헤어숍에 가서 머리도 잘랐다. 그러니 인물이 더 살았다.

'오우, 죽이네.'

삼열은 변한 자신의 이미지에 좋아했지만 사실 객관적으로 보면 조금 멋있는 정도지, 감탄할 정도는 아니었다. 다만 그동안 워낙 꾸미지 않아서 심플한 옷을 입고 머리를 손질한 것만으로도 상당히 외모가 달라 보였다.

'그러고 보니 수화 씨가 외모에 대해서는 거의 말을 하지 않았었네.'

여자들은 자기가 사귀는 애인의 옷이나 액세서리에 대해 이러쿵저러쿵 말이 많다고 하던데, 수화는 아직까지 한마디도 안 했다. 그 생각을 하자 저절로 입가에 미소가 배어나왔다.

정말 수화를 사귄 것은 아무리 생각해도 길을 가다가 보석을 주운 격이었다.

"왜 웃으세요?"

매장 앞에서 삼열이 물건을 고르면서 웃자 금발의 백인 여자가 한마디 했다.

"아, 아닙니다. 다른 생각 좀 하느라고요. 그러고 보니 매우 미인이시네요."

삼열의 말에 백화점 직원이 묘하게 눈을 빛냈다. 197㎝의 그는 미국인 사이에서도 큰 축에 속했다. 게다가 온갖 운동으로 다져진 탄탄한 몸매가 옷을 입었어도 겉으로 확연히 드러났다.

"나 저녁에 시간 있어요."

"네……? 아, 제가 저녁에는 공항에 가봐야 해서요. 미안해요."

금발의 여자는 약간 기분이 상한 듯 보였지만 삼열의 거듭된 칭찬에 금방 풀렸다.

삼열도 이렇게 여자가 적극적으로 나올 줄 몰라서 사실 조금 당황했다. 서양 여자들은 내숭이 없다더니 먼저 유혹을 해올 줄은 몰랐다.

삼열이 그녀의 외모를 칭찬한 것은 맞지만 별 의도 없이 한 말이었다. 사실 그는 미국에 와도 시차 적응을 하느라 나다니지를 못해서 미국 여자들을 많이 보지 못했다.

그런데 백화점에 오니 상당히 예쁜 여자들이 눈에 띄었다. 매장 직원 중 상당수가 중년의 여자였지만 그 사이로 간간이 보이는 어린 여자들의 외모가 상당했다.

삼열은 샘슨사가 제공해 준 차를 타고 호텔로 돌아왔다. 백화점에서 산 옷의 태그를 모두 떼어버리고 기존의 옷들은 다

버렸다. 인천공항에 도착했을 때 세금을 적게 내려는 의도였
다.

삼열은 저녁을 먹고 호텔 근처의 공원에 가보았다. 번화가
라 그런지 아직까지 공원에 사람이 많았다. 미국이나 캐나다
같은 나라에서는 밤늦게까지 이런 공원에 머물면 안 된다. 낮
에는 평범한 공원이 밤에는 우범지대로 변하는 경우가 상당
히 많기 때문이다.

하지만 이곳은 워낙 번화가여서 그런지 사람들로 붐비고
있었다. 길거리 노점상들도 한창 영업을 하고 있어 삼열은 공
원을 한 바퀴 돌았다. 그때 예쁜 어린 여자아이가 혼자 있는
것이 보였다.

"하이!"

"하이!"

"엄마는 어디 갔니?"

"핫도그 사러 가셨어요. 금방 오신대요."

"무섭지 않니?"

"아니, 엄마 저기 있어."

귀여운 꼬마가 길거리 매장을 가리켰다. 갈색 머리의 멋진
여자가 핫도그와 음료수를 들고 오고 있었다.

"안녕하세요."

"하이."

여자가 웃으며 말했다. 미국 사람들이 좋은 것은 쉽게 다가 갈 수 있다는 점이다. 눈만 마주쳐도 가볍게 '하이!' 하며 웃는 게 일상화된 곳이다. 그렇다고 특별히 이야기하거나 하지는 않는다. 가벼운 날씨 이야기 정도만 하고 대부분 헤어진다.

핫도그를 맛있게 먹는 꼬마를 보며 예쁘고 귀엽다고 칭찬을 해주자 여자가 기뻐했다. 한국이나 미국이나 자식을 칭찬하면 부모의 마음이 좋아지는 것은 같은 모양이었다.

여자는 퇴근하면서 유치원에서 아이를 데리고 가는 중이라고 했다. 저녁 시간이 지나 딸이 배가 고프다고 칭얼거려 이곳에 왔다는 것이다.

삼열은 그들 모녀와 작별 인사를 하고 다시 호텔로 돌아왔다. 호텔 방에서의 일상은 하나도 재미가 없었다. 제법 영어를 잘하지만 TV 프로그램의 내용을 완전하게 알아듣는 수준은 아니다. 게다가 미국 특유의 정서를 모르니 코미디는 봐도 의미 파악이 힘들었다. 미국인들이 재미있어 웃는 부분이 전혀 웃기지 않았다.

삼열은 샤워하고 일찍 잠자리에 들었다. 쇼핑하는 것도 성격에 맞지 않고 혼자서 할 게 별로 없었다.

다음 날 삼열은 한국행 비행기를 탔다. 보스턴과 시차가 열세 시간 나는데 한국에 도착해 보니 저녁이었다.

"수화 씨, 어디예요?"

—나 집인데. 넌 어디야?

"저도 집이에요."

—어머나, 벌써 왔어?

"네."

—가만 기다려, 내가 갈게. 내 선물 사 왔지?

"그럼요."

—호호호, 기다려. 금방 달려갈게.

삼열은 움찔 놀랐다. 만약 선물을 사오지 않았으면 그 강력한 주먹에 맞아 죽을지 모른다는 생각이 불현듯 들며 갑자기 몸이 추워졌다.

여자들이 선물을 무척 좋아하니 기념일 등을 챙겨주는 것이 좋다는 말이 생각나 백화점에 들른 자신의 현명한 처사에 무한한 감사를 했다.

연애 경험이 없는 삼열도 수화와 사귀다 보니 이제 눈치라는 것이 생겼다. 삼열이 미국에 간다고 하니 따라가고 싶어 하면서도 은근히 기대하는 눈치가 있었는데 그게 선물이었던 모양이다.

땡동.

'헐~ 진짜 무지하게 빨리 왔네.'

삼열이 문을 열자 수화가 들어오자마자 안기면서 '선물은?'

하고 물었다.

"아하하하, 물론 있죠."

삼열은 가슴을 쓸어내리면서 준비해 온 선물을 줬다.

"이거예요."

"와, 이거 누디진이네. 예쁘다."

수화는 청바지를 받고 기뻐했다.

"이게 다야?"

"네? 그럼 뭘 또……?"

"아, 그렇구나. 난 향수라도 한 병 사올 줄 알았거든."

"뽀뽀해 주면 뭔가 또 생길지도 모르죠."

"와! 역시 또 있었구나. 역시 자기밖에 없어."

이럴 때 보면 수화는 천생 여우 같았다. 이것도 사실 삼열이 돈이 제법 된다고 했을 때부터 생긴 버릇이었다. 사치만 하지 않는다면 이런 정도의 허영은 젊은 여자의 애교일지도 모른다.

수화가 삼열에게 매달려 입에 뽀뽀했다. 그리고 입술이 닳아 없어질 정도로 부볐다.

"아이, 수화 씨. 이러면 반칙이에요."

"뭐 어때. 이제 선물 백 개 정도 주는 거야?"

"헐~!"

"아이, 뭐 그 정도 가지고 놀래?"

"쩝."

"농담이야. 너는 가끔 농담하고 진담을 구별하지 못하더라."

"제, 제가 언제 그랬다고요?"

삼열은 다시 수화에게 선글라스를 선물해 주었다.

"와, 구찌네. 정말 고마워. 이제는 만족이야."

"정말 만족했어요?"

"그럼, 이 정도 선물도 기대 이상이야."

"그럼 남은 선물은 안 줘도 되겠네요."

"뭐… 또 있어?"

수화의 눈이 갑자기 독수리의 눈으로 변해 삼열을 노려봤다.

"아니, 그렇다고 그런 눈으로 볼 필요는……."

"빨리 줘!"

"네, 네. 알았다고요."

삼열은 허겁지겁 준비한 선물을 모두 줬다. 선물을 받은 수화는 놀라 입을 다물지 못했다.

"원피스와 향수, 핸드백까지 있네."

사실 그는 프러포즈할 생각을 하며 사다 보니 선물을 과하게 샀다. 그리고 대충 인터넷 검색을 해보니 한국에서 사는 것보다 훨씬 싼 데다가 첫 미국행이라 이 정도야 하고 넘겼다. 그러나 그는 몰랐다. 이후 수화가 은근히 삼열이 미국을 가기를 바라게 되리라는 것을.

"자기, 멋쟁이."

수화가 삼열을 덮쳤다.

"읍, 읍."

삼열이 갑작스러운 키스에 당황해 허둥거리는데 이미 수화는 그의 옷을 벗겼다.

"잠깐요, 나 할 말도 많다고요."

"가만히 있어 봐. 내가 다 알아서 할게."

'체, 자기가 황홀해지려는 거겠지.'

삼열은 절정의 순간에 몸을 떨며 황홀한 표정을 짓던 수화의 모습을 생각하며 피식 웃었다.

"아이고~!"

삼열은 밑에 깔려 오징어처럼 납작해졌다.

삼열은 정신을 못 차리고 있는 수화를 살며시 안아주고는 준비한 반지를 가져와서 수화의 손에 끼워주었다.

움찔.

수화가 자신의 손을 바라보고는 소리를 질렀다.

"반지네!"

"결혼해 줘요."

"……"

수화의 얼굴이 붉으락푸르락해졌다. 화가 난 것 같기도 하고 기뻐하는 것 같기도 해 좀처럼 수화의 기분을 알 수 없었다. 삼열의 목이 저절로 움츠러들었다.

"너, 너… 내가 얼마나 기대하고 있었는데… 이런 자리에서 청혼하다니."

삼열은 분위기가 이상하게 돌아가자 번개처럼 달려들어 수화를 꽉 껴안았다.

"미안해요. 난 수화 씨가 가장 기분이 좋을 때 청혼하려고 했어요. 지금 이런 자리에서 주면 절대로 헤어지지 않고 항상 우리 둘만이 이렇게 사랑하며 지낼 것으로 생각했어요."

삼열의 변명에 수화의 몸에서 힘이 조금 빠지는 것을 느낀 삼열은 더욱 힘껏 수화를 껴안았다.

"청혼을 멋지게 하는 게 뭐가 중요해요. 평생 잘 사는 게 중요하죠. 안 그래요?"

"뭐, 그건… 그렇지."

"거봐요. 난 수화 씨하고 평생 행복하게 살고 싶단 말이에요."

"평생?"

"네. 평생 수화 씨만 사랑하며 알콩달콩 사는 거죠."

"알콩달콩… 너 그 말에 책임져야 해. 딴 여자 바라보면 죽는다."

"그럼요. 수화 씨의 무공 실력에 내가 뭐 어쩌겠어요?"

삼열의 말에 수화가 움찔거리며 수줍은 표정을 지었다.

"아이, 난 연약한 여자란 말이야."

'그건 아니지.'

하지만 삼열은 자기 생각을 절대 입 밖으로 꺼내지 않았다.

여자의 로망을 알지 못하는 삼열은 손이 발이 되도록 빌었다. 그리고 한편으로는 억울했다.

선물까지 사주었는데 장소와 시간을 잘못 고른 게 이렇게 화를 낼 일이냐고 생각했다.

하지만 여자들은 다르다. 선물의 내용도 중요하지만 청혼에 대한 환상이 있어 남자들을 괜히 곤란하게 만들곤 한다.


*　　　　*　　　　*


삼열은 레드삭스와 이야기가 진행될수록 주변을 정리할 필요성을 느꼈다. 그래서 휴학을 하자마자 미카엘과 함께 있었던 동굴을 찾았다.

다시 본 산은 아름다웠다. 봄에서 여름으로 넘어가는 길목에 있었기에 꽃도 많았고 푸릇한 잎사귀를 가진 나무들이 온 산을 울타리 삼아 자라고 있었다.

"다시 이곳에 왔군."

삼열은 중얼거리며 동굴의 문을 열었다. 이 동굴에서 거의

1년 가까이 살았다. 중간에 미카엘이 부상을 치료하고 떠난 뒤에도 삼열은 혼자 남아 훈련을 했다.

다시 본 동굴은 정겨웠다. 아마도 소중한 추억이 이곳에 있기 때문일 것이다. 이곳에서 그는 미카엘에게 심장에 씨앗을 받았고 신성석도 선물 받았다. 죽을 운명을 극복한 장소여서 더 감회가 남달랐다. 이제 인생은 스스로 개척하는 자의 것이 되었다.

삼열은 침대에 누웠다. 눕자마자 시큼하고 퀴퀴한 냄새가 밀려왔다. 이곳에 있을 때 훈련으로 인해 항상 땀을 흘렸고 제대로 씻지 못한 상태로 잠들었었다. 그때는 너무 피곤하여 이런 냄새를 전혀 맡지 못했었다.

이제 보니 동굴도 그렇게 크지 않았다. 마치 초등학교 때 넓었던 운동장을 나이 들어서 다시 가보면 예상외로 작고 초라한 것에 놀라는 것처럼 다시 본 동굴은 이전보다 훨씬 작게 느껴졌다.

삼열은 동굴에서 하루 동안 있으면서 많은 생각을 했다. 이곳에 오니 예전에 보냈던 기억들이 스치듯 지나갔다. 그리고 버려지다시피 한 냉장고와 TV, 그리고 안테나가 보였다. 작은 안테나는 삼열이 집에 가져갔었다. 그리고 아파트의 작은 방에 처박아 두었었다.

철로 아무렇게나 만들어진 허름한 안테나는 육각형의 모양이었다. 뭔가 말로 표현하기 힘든 알싸한 충격이 머릿속을 콕 콕 찔렀다.

큰 안테나는 송신탑의 역할을 하기 위해 만들어졌을 뿐 맨 위에 있는 작은 육각형의 모양이 진짜 안테나다. 벌집의 구조처럼 만들어진 안테나를 보면서 삼열은 번개를 맞은 것처럼 충격을 받았다.

'왜 그 생각을 하지 못했지? 이것은 지구의 과학이 아니야. 미카엘이 자료를 팅커벨과 같이 생긴 것을 통해 더 보내줄 수도 있다고 했지. 하지만 소용이 없을 거라고 했어. 이유는 그가 사는 차원과 지구의 과학의 격차가 심하게 나기 때문이라고.'

삼열은 생각을 거듭했다. 문제는 벌집 구조를 가진 안테나였다. 이상하게 생긴 이 구조물은 더 강력하게 전파를 잡아낼 수 있게 만들어져 있다. 보기에는 별것 아닌 것 같았는데 자신이 생각하지 못한 무엇이 있을 것이라는 생각이 비로소 들었다.

'뭐가 다를까?'

수없이 꼬아 놓은 벌집 구조물은 하나의 덩어리로 보였지만 사실은 수십 개의 결과물이 이어진 것이다.

"가져가서 연구를 해봐야겠군. 젠장, 이럴 줄 알았으면 법대를 가는 것이 아니라 공대로 갔어야 도움이 되었을 텐데."

두 달도 채 다니지 않고 그만둔 대학이지만 아쉬운 점이 있었다. 그 두 달 동안 법에 아주 조금 더 알게 되었다. 대부분 전공과 관계없는 수업이었지만 그래도 추천도서를 모두 읽었던 것을 감안한다면 조금 아쉽기는 했다.

어차피 그만둘 학교였지만, 다시는 대학을 다닐 수 없게 될지도 몰라서 수업에 충실하려고 많이 노력했었다. 그러다 보니 불과 두 달 다닌 대학생활임에도 불구하고 고등학교에서는 얻지 못한 다양한 정보를 얻을 수 있었다.

'설핏 대박이 보이는 것도 같은데, 그게 도통 뭔지 모르겠네.'

머리가 아무리 좋아도 알지 못하는 분야의 내용을 알 수 있는 것은 아니다. 일단 필요한 장비를 모두 챙겨서 동굴을 나왔다.

삼열은 동굴 입구를 돌로 덮고 서울로 올라왔다. 소중한 추억들, 아니 물건들이 옮겨지고 있었다. 삼열은 다시 그곳에 갈 일은 없을 것으로 생각했다. 멧돼지를 만나 생명의 위협을 받았던 일도, 하루 종일 뛰어다녔던 산자락도 그렇게 느껴졌다.

\*           \*           \*

레드삭스는 입단 테스트에서 좋은 성적을 낸 삼열과 계약을 맺었다. 마이너리그 계약이지만 220만 달러라는 계약금은 상당히 큰 금액이어서 언론의 집중 조명을 받았다.

그것은 그가 프로 리그를 선택하지 않고 서울대에 간 것만 큼이나 사람들에게 충격적인 소식이었다. 그래서인지 온갖 곳에서 인터뷰 요청이 들어왔다. 그러면서 한국 프로 구단의 잘못은 없는가 하는 내용이 보도되기도 했다.

—어디야?

다정한 수화의 목소리가 수화기를 타고 흘러왔다. 기자들이 아파트에 죽치고 있어 집으로 들어가지 못해 어제부터 호텔에 머무르고 있던 삼열은 수화에게 룸 넘버를 가르쳐 주었다.

그로부터 한 시간 후 수화가 호텔에 도착했다. 수업이 끝나자마자 달려온 것이다. 3학년이 된 수화는 한층 여성스러워졌다. 꽃이 활짝 피어난 듯 예쁜 얼굴이 더 화사했다. 사랑에 빠진 여자의 모습은 아름답다고 하더니 수화가 그랬다.

"와아!"

수화는 호텔 방을 둘러보더니 감탄을 했다. 샘슨사의 배려로 특급 호텔에 머무르고 있는 삼열은 서류가 준비되기를 기다리고 있었다. 모든 준비는 구단 측에서 해주기에 그가 할 일은 없었다.

"이제 어떻게 할 거야?"

"서류가 준비되려면 아직 한참을 기다려야 한데요.

"너 나랑 결혼한다면서, 언제 우리 집에 인사하러 올 거야?"

"오늘 저녁에라도 갈 수 있어요."

"정말?"

"네."

가시처럼 뾰족했던 수화의 목소리는 어느새 봄바람 훈풍으로 변해 있었다.

그녀는 삼열에게 반지를 받은 후 결혼을 결심했다. 그리고 보스턴 인근의 학교를 알아보고 있었다. 그녀는 학업을 결코 포기할 생각이 없었기 때문이다.

"그럼 이따 집에 가서 엄마 아빠에게 말씀드릴게."

"네."

수화는 한참을 호텔에 머물면서 삼열과 놀다가 돌아갔다.


집으로 돌아가는 길에 수화는 걱정이 태산이었다. 엄마는 어떻게 설득이 될 것도 같은데 아버지가 걱정이었다.

"하아~"

수화는 나직하게 한숨을 내쉬며 어떻게 하면 부모님을 설득할 수 있을까 방법을 생각했지만 뾰족한 수가 생각나지 않았다. 그래서인지 집이 가까워질수록 마음이 무거워졌다.

'아무리 아빠가 보수적이라고 해도 삼열이 정도면 1등 신랑

감이니까.'

삼열처럼 튼튼하고 돈을 잘 버는 청년은 없을 것이다. 그리고 자신을 위해 서울대에 입학까지 했으니 그녀로서는 불만이 전혀 없다. 삼열이 말을 하지 않아도 그 정도는 눈치로 알고 있었다.

'정말 될까?'

돈을 잘 번다는 것은 나름 장점이지만, 수화의 아버지에게는 전혀 장점이 될 수 없었다. 돈 많은 사람은 주위에 넘쳐 났으니까 말이다.

'어째 불길한 예감이 들지?'

수화는 불안한 마음이 들자 심호흡을 하고는 엄마부터 구워삶기로 했다. 엄마는 아빠에게 꼼짝을 못하지만 옆에서 한마디 거들면 도움이 될 것 같았다. 아파트의 문을 열면서 수화는 엄마를 찾았다.

저녁을 준비하던 장미화는 문 열리는 소리를 들었다. 요즘 딸의 행동이 부쩍 수상하였지만 자신도 젊은 날에 연애를 해 보았기에 아무 말도 하지 않았다.

그런데 얼마 전부터 보지 못하던 반지를 끼고 있는 것을 보고는 마음 한구석이 덜컥 내려앉아서 요즘은 자신이 오히려 수화를 피하고 있었다.

"엄마."

수화가 장미화를 뒤에서 껴안았다. 그러자 장미화의 마음이 다시 쿵 하고 떨어졌다. 이 망할 계집애가 뭔가 할 말이 있구나 하고는 귀찮다며 저리 가라고 말했다. 그러나 떨어지기는커녕 더 자신에게 엉겨 붙으며 아양을 떠는 것이 심상치 않았다.

"뭔데, 이년아."

"엄마, 나 할 말이 있는데."

"뭔데. 해봐."

"좀 중요한 이야기인데."

장미화는 수화의 이야기를 듣고 올 것이 왔다는 것을 느꼈다. 그녀의 불행한 직감은 언제나 잘 맞아떨어지곤 했다.

딸은 예쁘면서 착했고 공부도 꽤 잘한 편이었다. 주위의 사람들에 비해 학교가 좀 꿀리기는 하였지만 그래도 제법 괜찮은 대학에 다녀 부끄러울 정도는 아니었다. 문제는 남편의 형제들이다. 다들 너무 잘나가니 신경이 쓰이곤 했다.

"엄마, 나 결혼하고 싶어졌어요."

"뭣!"

장미화는 너무 놀라 들고 있던 국자를 바닥에 떨어뜨렸다. 그녀는 자신의 귀를 문지르고 다시 물었다.

"뭐라고?"

"결혼하고 싶다고."

"허어……"

장미화는 말없이 털썩 앉았다. 그러자 바닥에 뒹구는 국자가 그녀의 눈에 들어왔다.

"상대는?"

"엄마도 아는 사람이야."

"혹시… 삼열이라는 개니?"

"응, 맞아."

장미화는 너무 어이가 없어 웃음도 안 나왔다. 멍하게 있으니 머리가 웽웽거리며 울렸다.

"엄마?"

"…어?"

"결혼하고 싶다고."

"야, 이 미친년아. 네 나이가 몇 살인데. 그리고 삼열이는 몇 살인데."

"결혼하는 데 나이가 문제야?"

언제부터인가 딸을 볼 때마다 불안하곤 했다. 왜인지 몰랐는데 이러려고 그랬나 보다.

장미화는 겨우 정신을 차리고 냉장고에서 차가운 물을 꺼내 따라 마셨다.

"못 들은 것으로 하겠다."

"들어놓고 왜 못 들었다고 하는 거야. 삼열이가 어디가 어때서 그래?"

"어디가 어떻긴, 똑똑한 것 하나 빼고 다 문제지."

"엄마, 삼열이 보스턴 레드삭스와 계약했어. 220만 달러나 계약금으로 받았다고."

"그래서?"

"또 서울대에 수석으로 입학도 했고."

서울대 수석 입학했다는 말에 장미화가 움찔했다. 그리고 가만히 생각해 보니 삼열이 공부도 잘하고 야구도 잘한다는 말을 언뜻 들은 것 같았다.

하지만 서울대에 계속 다닌다면 몰라도 야구를 한다면 아무것도 아니라는 생각이 들었다. 안 그래도 잘난 조카들을 보면 마음이 편하지 못했는데, 이것이 아주 불난 데 부채질을 하고 있었다.

"그런데 그 녀석, 야구 한다며?"

"응. 삼열이가 얼마나 야구를 잘하냐면 말이지, 메이저리그의 뉴욕 양키스와 보스턴 레드삭스가 동시에 계약하자고 덤볐어."

"……."

장미화는 미국의 메이저리그가 뭐 하는 곳인지조차 잘 몰랐다. 그래서 그곳에 스카우트되는 것이 얼마나 대단한 것인지 감을 잡을 수 없었다.

"하여튼 엄마가 아빠를 좀 설득해 줘."

"뭘 해? 야, 이년아. 나부터 설득이 안 되는데 어떻게 아빠를 설득한다고 지랄이니."

"엄마, 그런 상스런 말도 할 줄 알아?"

"이 엄마가 학교 다닐 때 껌 좀 씹었다. 그건 그렇고, 너 아빠한테 결혼의 '결' 자도 꺼내지 마. 꺼내는 날 아빠한테 쫓겨날 줄 알아."

"흥! 내가 결혼하지, 엄마 아빠가 결혼하나?"

"뭐야? 이년이 그래도 뭘 잘했다고."

장미화는 이렇게 심각한 문제를 태연하게 말하는 딸이 미웠다. 아니, 꼴도 보기 싫었다. 이제 겨우 스물두 살에 결혼한다고 설치는 딸의 모습을 보니 어이가 없다. 뭐가 급하다고 대학도 마치지도 않고 저러니, 아무리 배 아파 낳은 자식이지만 미웠다.

하지만 수화는 엄마의 약점을 너무나 잘 알았다. 엄마는 말도 거칠고 성격도 화끈한 편이지만 마음은 여린 편이었다. 특히나 자신이 조르면 어지간한 것은 모두 들어주곤 했다.

"엄마, 삼열이는 정말 좋은 남편감이야. 알잖아. 돈 많지, 건강하지, 게다가 키도 크고. 그리고 나만 위해줘."

장미화는 삼열이 딸만 위해준다는 말에 움찔했다.

사실 그녀는 삼열을 모를 수가 없다. 바로 아파트 단지 옆

에 있는 학교에 붙은 현수막을 오며 가며 보았기에 삼열이 서
울대 수석 입학한 것을 부럽다고 생각했었다.

"그래도… 안 돼."

수화는 엄마의 마음이 조금 움직인 것을 놓치지 않았다.

"엄마, 삼열이가 얼마나 좋은 사람인가 하면 나만 바라봐."

"흥, 너같이 예쁜 아이를 사귀는데 당연히 그래야지."

"엄만, 뭘 몰라. 삼열이가 얼마나 잘나가는데. 걔가 야구를
시작한 이후에 팬이 얼마나 많이 생겼는지 알아? 여자애들이
편지도 하고 선물을 엄청나게 갖다 줘도 삼열이는 오로지 나
만 바라봤어. 그리고 미래에도 그럴 것이고. 만약 돈 많은 아
빠 친구나 아는 사람 아들하고 결혼했는데 바람피우면 어떻
게 해."

"애, 그건 아니다."

"엄마는 뭘 몰라. 내가 지금이나 예쁘지, 나이 들면 어린 것
들을 못 당해."

"하긴……."

수화는 장미화를 끊임없이 설득했다. 하지만 장미화의 마
음은 요지부동이었다. 벌써부터 딸을 달라는 곳이 한두 군데
가 아니었다. 물론 나이가 있어 진지하게 이야기된 것은 아니
었지만, 어쨌든 자신의 딸은 이렇게 처리하기에는 너무 아까
웠다. 다만 바보 같은 딸년만 모를 뿐이었다.

"엄마, 아빠에게 이야기 잘해줘야 해."

"절대 안 돼."

"엄마, 정말 이럴 거야?"

"응, 이럴 거다. 왜?"

"엄마가 어떻게 나한테 이래?"

"내가 니 엄마니까 그런다. 왜, 떱니?"

"……."

수화는 이야기가 안 먹히고 있음을 알고 오늘은 그만 물러 나기로 했다. 어차피 더 이야기를 해봐야 소용이 없을 것을 잘 알고 있기 때문이다.

그녀는 자신의 방으로 돌아와 머리를 움켜쥐며 침대 위에 서 뒹굴었다. 생각보다 엄마의 반대가 너무 강했다. 아예 이야 기를 들으려고도 하지 않으니 말이다. 아빠도 아니고 엄마에 게 이렇게 막힐 줄은 몰랐다.

'아이참, 왜 그러지? 삼열이만 한 애가 어디 있다고. 이제부 터 매일같이 조르고 삼열이의 좋은 점만 얘기해 줘야지. 그러 면 엄마도 마음이 변하시겠지.'

어째 돌아가는 것이, 장기전이 될 것 같은 불안한 느낌에 수화가 몸을 떨었다. 이제 얼마 안 있으면 삼열은 미국으로 출국할 터인데 결혼은 고사하고 인사도 하지 못할 판이었다.

다음 날부터 수화는 은근히 지나가는 말로 삼열이의 칭찬을 하기 시작했다.

"엄마, 삼열이가 다이아몬드 박힌 반지 사줬다."

"흥!"

장미화는 딸의 말에 콧방귀를 뀌었지만 귀가 솔깃해졌다. 그 뒤에 나온 말은 더 자극적이었다.

"삼열이가 얼마나 몸이 좋은가 하면 강택연의 초콜릿 복근보다 더 멋져. 그리고 힘도 세."

"강택연……?"

장미화는 강택연이라는 말에 약간 미소를 지었다.

"너, 설마… 아니지?"

수화가 말이 없자 장미화는 고개를 절레절레 흔들며 중얼거렸다.

"요즘은 뭐 상관없다더라."

"삼열이는 힘도 좋아."

"너……?"

"삼열이는 하루에 러닝만 세 시간씩 매일 해. 강홍만하고 붙어도 이길 거야, 아마."

"강홍만이 누군데."

"키 크고 싸움 잘하는 사람 있어."

"뭐, 그 정도야."

자신의 말에 귀를 기울이는 것은 같은데도 엄마는 요지부 동이었다. 그럴수록 수화는 마음이 초조해졌다.

　'아기부터 가질까?'

　이제는 오기가 생겼다. 처음에는 이렇게 저렇게 설득을 하 고 잘 말씀을 드리면 될 거야, 하고 계획한 것은 이미 사라진 지 오래고, 남은 것은 악밖에 없었다.

　"반드시 사랑을 쟁취하고 말 거야."

　수화가 두 주먹을 불끈 쥐고 전투 의지를 불태웠다.

　수화는 엄마와의 전투를 어떻게 할까 계획을 짰다. 단식 농 성? 그런데 결혼을 위해 밥을 굶는 것은 어딘지 없어 보였다.

　'그건 아니야.'

　단식은 효과가 크지 않으리라고 생각했다. 집안 분위기가 그런 것을 용납하지도 않을뿐더러 나중에 무슨 소리를 듣겠 는가. '네 어미는 니 아빠와 결혼하기 위해 단식 투쟁을 했단 다' 하고 엄마가 분명히 손주를 놀릴 게 틀림없었다.

　'역시 아기가 가장 빠르기는 한데… 친척들 보기 쪽팔려.'

　안 그래도 큰집과 작은집의 오빠와 동생들에게 밀리고 있 는 것을 간신히 미모 하나로 버티고 있는데, 그건 안 될 말이 었다.

　"나참, 엄마는 아빠랑 어떻게 결혼했지?"

　"그게 궁금하니?"

무심결에 혼잣말하던 수화는 갑자기 들려온 소리에 깜짝 놀랐다. 장미화가 어느새 수화의 곁으로 다가와 그녀의 혼잣말을 들은 것이다.

"너는 네 외할아버지를 너무 가볍게 여기는 경향이 있더구나."

"누가 할아버지를 그렇게 생각한다고 난리야."

"그게 아니면 그런 소리가 나올 수 없지."

손을 허리에 얹고 한판 해보자는 태세를 취하는 엄마를 보고 수화는 급히 얼굴을 돌렸다. 이럴 때 붙어봐야 항상 깨지는 것은 자신이다.

엄마는 외가에 대해서 조금이라도 나쁘게 말하면 광분하는 경향이 있다. 심지어 아빠조차도 조심하는 것이 외가에 대한 이야기다. 물론 외할아버지가 한가락 하시는 분이기는 했다.

"아하하, 외할아버지가 얼마나 훌륭하신데. 그건 아빠도 인정하시잖아."

"그렇지? 설마 네가 감히 외할아버지에 대해 무엄하게 말할 리가 없겠지. 너를 얼마나 예뻐해 주시는데."

말은 그렇게 하면서도 켕기는 것이 많은 장미화였다. 좀 놀던 그녀가 모범생인 남편과 결혼하게 된 결정적인 이유는 아버지의 도움 덕분이었다. 그리고 그 후에도 남편의 공직생활을 음으로 양으로 도와준 사람이 아버지였다.

아버지는 자신이 어려서 엇나갈 때 항상 따뜻한 눈으로 지켜봐 주었다.

일찍 엄마를 여읜 자신을 위해 아버지는 재혼했다. 하지만 그런 사실을 모르다가 나중에 엄마가 계모라는 것을 알게 되었다. 그제야 왜 엄마가 자신과 동생을 차별했는지 알게 되었고, 그로 인해 방탕한 청소년기를 보냈다.

그런데 바쁜 아버지가 자신을 위해 얼마나 노력했는지를 알게 되면서 방황이 끝났다. 그리고 결혼해서 딸을 낳아보니 그동안 자신이 얼마나 불효를 저질렀는지 알게 되었다.

그러니 장미화는 아버지에 대해 조금이라도 싫은 이야기를 하면 폭발한다.

수화는 엄마의 표정이 펴진 것을 보며 생각했다.

'차라리 외할아버지에게 도와달라고 할까?'

외할아버지께는 어떻게 이야기해 볼 만했지만 친할아버지는 엄두도 나지 않았다. 화목하기는 하지만 좀 이상한 집안이었다. 가풍이 너무 엄했다.

아직도 큰아버지, 작은아버지, 그리고 아빠는 할아버지의 말이라면 꼼짝을 못한다. 그리고 항상 그 앞에서는 무릎을 꿇고 있어야 한다.

할아버지의 성질은 대적 불가 그 자체다. 그런 성격이 손자

손녀를 대할 때도 변함없이 이어지고 있다.

수화가 장미화에게 결혼 이야기를 꺼낸 다음부터는 집안의 분위기가 바뀌었다. 봄날 같던 집이 한겨울이 된 것이다.

'나쁜 계집애.'

장미화는 딸을 바라보며 마음에 들지 않아 얼굴을 찌푸렸다.

"왜, 왜 얼굴을 찡그리는데?"

"아니, 뭐? 내 얼굴 내 마음대로도 못 하니?"

"왜 날 보고 그러는데?"

"덤빌래?"

"흥!"

수화는 자신의 방으로 들어갔다.

"저게, 오냐오냐해 줬더니 버릇없이 뭐 하는 짓이야!"

이런 식의 대화가 일주일 동안 하루도 빠지지 않고 계속되었다.

수화는 책상에 앉아 작전을 짰다. 이런 식으로 시간이 지나간다면 아무것도 안 될 것 같았다.

"쳇, 엄마는 일등 사윗감을 두고 뭔 일이래?"

수화는 손으로 책상을 쳤다. 책상이 파르르 떨었다. 결혼 이야기가 나오자 엄마가 속물로 변하는 것은 한 시간도 안 걸렸다.

그놈의 집안 분위기가 문제였다. 욕하면서 닮는다고, 시아버지에게 불만이 많았던 엄마가 이제는 할아버지를 닮아가고 있었다.

'으흐흐, 정 반대하면 혼인신고부터 하면 되지. 쌀이 익어 밥이 되면 엄마 아빠도 어쩌지를 못하겠지.'

수화는 이 문제를 더 이상 끌면 곤란하다고 생각했다. 이제 앞으로 2, 3개월 안에 삼열이 미국으로 갈지도 모른다. 지금 결혼 승낙을 받아도 이것저것 준비하려면 시간이 턱없이 부족하였다.

"그래, 이건 내 인생이야. 내가 결정해야 해."

그날 저녁, 수화는 아버지 정명훈이 오기를 기다렸다. 평소보다 일찍 온 아빠에게 수화는 쪼르르 달려가 팔에 매달리며 말했다.

"아빠, 피곤하시죠?"

"응……? 왜 안 하던 짓을 하지? 용돈 필요하니?"

"아빠는, 내가 뭐 돈 필요하면 이러나?"

"허허허, 하나밖에 없는 딸내미가 이러니 좋기는 하구나."

수화는 어느새 정명훈의 어깨를 안마하고 있었다. 그 모습을 본 장미화는 한 방 먹었다는 표정을 지었다.

"그래, 우리 딸이 이렇게 아빠를 찾는 이유가 뭘까?"

"아빠, 나 아빠 허락받고 싶은 일이 있어요."

"그래? 말해 보거라."

"야, 정수화. 너 그 입 닥치지 못해?"

"여보, 무슨 말을 딸에게 하는 거요?"

"아니, 여보. 그래도……."

"어허."

"……."

"역시 아빠는 내 편이야. 난 언제나 아빠 편."

"하하하, 이제 우리 딸 다 컸구나."

"여보, 그런 일이 아니에요."

"어허."

정명훈이 제동을 걸자 장미화는 입을 다물었다. 그리고 수화를 노려보았다.

"아빠, 나 결혼하고 싶어요."

"허허허. 그래, 겨… 결혼?"

"응, 아빠. 나 사랑하는 사람 생겼어요."

"너 내가 입 닥치라고 했지?"

"흠, 그래. 이건 엄마 말씀이 맞는 것 같구나."

"네……?"

"입을 조신하게 닥치는 게 좋을 것 같구나."

"아빠……?"

"넌 아직 어려. 결혼은 천천히 해도 되지 않니? 대신 이 아빠는 그 녀석과 사귀는 것은 반대하지 않으마."

정명훈은 준비도 없이 너무 강도가 센 펀치를 맞자 철없는 딸을 달래려고 하였다.

우선 두 사람의 교제는 허락한다. 그렇게 사귀다 보면 이성 간의 교제는 대부분 중간에서 깨지는 경우가 많으니 딸과 굳이 얼굴을 붉힐 이유가 없는 것이다. 그는 그렇게 단순하게 생각했다.

"아빠, 기회가 오면 잡아야죠?"

"그거야 그렇지."

"나도 아빠 말씀처럼 여유를 가지고 싶은데, 그러면 신랑감을 다른 여우가 채갈 거예요."

"그게 무슨 말이니?"

"조만간 미국으로 갈 거란 말이에요."

"…뭐, 그러면 나중에 만나면 되지 않겠니?"

"그 남자는 보석 같은 남자예요. 놓치면 평생 후회할 거예요."

"커험. 거참, 네가 그렇게까지 이야기를 하니 일단 한번 데려와 봐라."

"여보, 무슨 말이세요. 애가 철없이 하는 말을 가지고."

"어허."

정명훈의 '어허' 소리에 장미화는 목소리를 죽였지만 입이 삐쭉이 앞으로 튀어나왔다.

"조만간 데려오너라."

"네, 역시 아빠는 내 편!"

수화가 정명훈의 팔을 잡고는 아양을 떨었다. 그 모습을 장미화가 보고는 주먹을 꽉 쥐었다.

하라는 여우 짓을 남자에게 안 하고 가족인 아빠에게 하는 꼴이 어이가 없었다.

'쳇, 너도 헛똑똑이다.'

장미화는 이제 남편도 알아버렸으니 어쩔 수 없다고 생각했다. 저 영악한 것이 어디서 뭘 배웠는지는 몰라도 하는 짓이 마음에 들지 않았다.

장미화는 수화가 하는 행동을 물끄러미 지켜보다가 저녁을 차리기 시작했다.

"여보, 식사하세요."

"어, 알았소. 자, 밥 먹으러 가자."

"네, 아빠."

그러나 수화는 식탁에 자신의 밥이 없는 것을 보고 깜짝 놀랐다.

"엄마, 내 밥은?"

"흥, 이제부터 네 밥은 네가 차려 먹도록 해."

"아이, 엄마는."

수화는 화가 났지만 아빠가 있는 자리에서 허점을 보일 수는 없었다. 아빠가 유한 것처럼 보여도 상당히 고집이 세다. 성격이 강한 엄마가 잡혀 사는 것을 보면 알 수 있는 일이다.

수화는 벌떡 일어나 밥통에서 자신의 밥을 퍼왔다. 그런데 맛있는 반찬은 아빠의 앞에 다 놓여 있고 자신의 앞에는 김치와 멸치밖에 없다.

"엄마, 내 반찬은?"

"반찬도 이제부터는 네가 알아서 해먹으렴. 재료비는 받지 않을 터이니. 여보, 이것 좀 드셔보세요."

장미화는 조기구이의 살점을 발라 남편의 숟가락 위에 올려놓았다.

그 모습을 물끄러미 바라보고 있자니 수화는 왠지 서러움이 밀려왔다. 그녀는 입을 앙다물고 김치와 멸치로만 저녁을 먹었다. 이럴 줄 알았으면 삼열과 저녁을 함께 먹고 오는 것인데 하는 생각이 들었다.

수화가 일찍 밥을 먹고 자신의 방으로 들어가자 그때까지 가만히 있던 장미화가 남편에게 한소리를 했다.

"당신은 왜 수화에게 그 애를 데려오라고 했어요?"

"커험, 싫은 소리를 해야 하는데 어찌 내 딸에게 하겠소. 데리고 오는 그놈에게 해야지."

"어머, 역시 당신 머리는 못 당해요. 호호호."

장미화가 남편에게 꼼짝을 못하는 이유가 이런 것들이다. 남편은 자신보다 훨씬 현명했다. 살면서 그것을 여러 번 겪다 보니 이제는 가만히 있어도 남편이 문제를 해결할 것이라는 믿음이 생겼다.

수화는 저녁을 부실하게 먹었어도 신이 났다. 아빠가 반대 할 줄 알았는데 삼열을 데리고 오라고 했다. 이게 어디인가? 수화는 미소를 방긋 지었다. 이제 몇 달만 지나면 한 남자의 각시가 될 것이라고 생각하니 왠지 마음이 붕 뜨는 것 같고 기분이 묘했다.

'역시 아빠밖에 없어.'

수화는 미소를 지으며 책상 앞에 앉아 이것저것 준비할 것 을 적으며 시간을 보냈다.


*　　　*　　　*


바람도 별로 불지 않는 날, 기온은 날로 뜨겁게 변했다. 한 여름의 무더위는 성급한 계절의 심술로 일어났다. 거리의 사 람들은 갑자기 찾아온 더위에 얼굴을 찌푸리며 헉헉대며 걸어 갔다. 나른한 오후가 광폭한 폭염으로 변한 것은 불과 3일 전이었다.

수화는 삼열의 호텔 방에서 집에서 벌어진 일들을 웃으며 이야기를 했다.

"그러니까, 아버님이 언제든 오라고 했다고요?"

"응, 아빠는 내 편이거든."

결혼하려고 결심을 한 후 가장 염려했던 것은 아빠의 반응이었다. 그런데 너무나 쉽게 삼열을 보자고 하니 기분이 안 좋을 수 없었다.

"그러니 가능한 빨리 와. 우리 결혼하려면 준비할 것도 많잖아."

"그럼요."

삼열은 아무 의심도 없이 수화의 말에 고개를 끄덕였다. 이제 가정을 이루게 되면 혼자가 아닌 '우리'가 되는 것이다. 그 생각만으로도 마음이 따뜻해졌다.

"그럼 내일이라도 갈까요?"

"응, 빨리 와서 나 데려가."

"알았어요."

삼열은 수화를 껴안고 볼을 비볐다.

"치이, 키스를 해줘야지. 너무 약하다."

"키스는 언제든지 해줄 수 있어요."

수화는 삼열의 입을 바라보며 눈을 감았다. 삼열의 입술이

다가와 자신의 입에 닿자 마음이 뜨거워지기도 하고 따스해지기도 했다.

마음속으로 이제 한 남자의 아내가 될 것이라는 생각을 하자 애초에 가졌던 결혼에 대한 부정적인 생각들이 눈 녹듯 사라졌다.

겉보기에는 모든 것이 잘되어가는 것 같았다. 삼열은 메이저리그 진출도, 염려했던 결혼도 순풍에 돛을 단 듯했다.

# 6. 시작, 마이너리그 II

삼열은 과일 바구니를 들고 수화의 아파트로 갔다. 엘리베이터를 타는데 알 수 없는 불안감이 밀려들면서 가슴이 콩닥거렸다. 침이 마르고 마음이 초조해지기 시작했다. 이런 경우는 많지 않아서 삼열은 조금 당황스러웠다.

사랑하는 사람의 집을 방문하는 것이, 아니, 그녀의 부모님을 만나는 일이 이렇게 긴장될 줄은 전혀 예상하지 못했다. 마음은 차분하게 침착함을 유지하려고 하는데 몸이 저절로 떨려왔다.

'아자, 아자, 파이팅. 나는 할 수 있다!'

삼열은 마음속으로 파이팅을 외치며 수화네 집의 초인종을 눌렀다. 초인종을 누른 지 얼마 안 돼 수화가 문을 열어주었다. 수화가 반가운 표정으로 미소를 지었다. 그녀의 뒤로 굵직한 목소리가 따라왔다.

"어서 오게."

정명훈이 미소를 지으며 삼열을 맞이하였다. 오직 장미화만이 차갑게 삼열을 바라보고 있었다.

"하하하, 우리 수화가 누굴 좋아하나 했더니 이렇게 키도 크고 잘생긴 청년을 좋아할 줄은 몰랐지. 자, 들어오게."

"아, 네. 환영해 주셔서 감사합니다. 먼저 절부터 받으십시오."

"허허허, 그건 차차 하기로 하고 먼저 식사부터 하자고. 배가 고프구만……."

삼열은 호남형으로 생긴 수화의 아버지를 바라보았다. 상당히 잘생기고 현명해 보이는 눈을 가진 사람이었다. 전체적으로 보면 수화는 엄마의 오밀조밀함과 아빠의 얼굴형을 닮은 것 같았다. 장미화의 외모도 상당히 미인형이지만 남편 정명훈에 미치지 못하였다.

음식은 정말 많이 차려져 있어 환영받는 분위기인 것 같은데 아까부터 자신을 노려보고 있는 예비 장모 때문에 삼열은 마음이 무거웠다.

삼열은 처음에는 음식을 맛있게 먹다가 나중에는 입으로 들어가는지 코로 들어가는지 모를 정도로 부담을 느꼈다. 눈치가 보인다고 안 먹을 수도 없어서 먹긴 했지만 고역이었다. 하지만 그에게 선택의 폭은 많지 않았다. 먹지 않으면 분위기 어색해질 것이 틀림없기 때문이다.

저녁을 먹고 차를 마시면서 삼열은 정명훈과 이런저런 이야기를 나눴다. 가족 이야기, 학교 이야기, 그리고 장래에 관한 이야기를 했다.

정명훈이 서울대 선배라는 것도, 정부의 기관에서 차관급으로 일하고 있는 것도 삼열은 처음 알게 되었다. 자신과는 너무나 다른 환경에서 커온 수화였다.

그는 부모님이 살아계실 때도 단독주택에서 살았고 이렇게 큰 집도 아니었다. 수화의 집 거실은 17평짜리 삼열의 아파트보다 더 넓어 보였다.

삼열은 정명훈의 서재에서 단둘이만 이야기하게 되었다. 서재에는 수천 권은 족히 될 듯한 책이 책장에 꽂혀 있다. 그 압도적인 양에 삼열은 기가 죽었다. 그런 그에게 정명훈이 단호한 어조로 입을 열었다.

"나는 결혼을 반대하네."

"네……."

"자네가 싫거나 한 것은 아니네. 하지만 수화는 나에게 하나밖에 없는 딸이네. 일찍 결혼하는 것도 싫고 미국으로 가는 것은 더 싫네. 그러나 자네와의 교제는 허락하겠네."

정명훈의 이야기는 교묘했다. 결혼하겠다는 사람에게 결혼은 반대, 교제는 찬성이란다. 투쟁심을 극도로 냉각시키면서도 원하는 바를 얻지 못하게 하니 삼열로서는 참으로 애매하고 난감한 상황에 처하게 되었다.

어떻게 보면 가능성이 있는 것으로 해석되기도 하지만 그 반대의 의미도 가능했다. 삼열은 그 미묘한 말 속에 숨겨진 의도를 정확하게 파악했다. 세상살이에 대한 재치는 없을지 몰라도 그는 천재다. 정명훈이 하는 말을 듣자마자 그 속뜻을 파악했다.

"아버님, 분명히 말씀드립니다. 저는 수화 씨를 사랑하며 그녀와 결혼하기를 원합니다."

"불가하네."

"사랑보다 더 중요한 가치가 이 세상에 존재합니까?"

"많이 존재하네."

"……"

"그런데 듣자 하니 자네, 메이저리그로 간다고?"

"네. 보스턴 레드삭스와 계약을 했습니다."

"커험, 그런가? 그럼 나가보게."

"아, 네."

삼열은 자신이 레드삭스와 계약했다는 말을 듣고 얼굴 표정이 바뀐 정명훈을 보며 서재를 나왔다. 나오면서 고개를 갸웃거렸다.

삼열이 거실로 나오자 수화가 뛰어왔다.

"아빠가 뭐라고 하셨어?"

"그냥 뭐, 원론적인 이야기죠."

"쳇, 아빠는 너무해. 왜 나 빼고 둘이만 이야기한 거야?"

"왜겠어요?"

삼열은 미소를 지으며 말했다. 이 아름답고 귀여운 여자의 사랑을 얻기 위해 앞으로 얼마만큼의 자존심을 버려야 될까 하는 생각을 했다.

"진짜 괜찮아?"

"네."

삼열이 정명훈과 서재에서 이야기하는 동안 수화는 엄마와 한바탕했다. 싸운 내용이야 별거 아니었다. 왜 삼열이가 밥을 먹는데 그런 눈으로 바라보았느냐고 수화가 따지니 내 눈 가지고 내가 보는데 왜 뭐라고 하냐고 딸과 엄마가 기 싸움을 한 것이다.

그런데 한창 말다툼하는 와중에 삼열이 서재에서 나오자마자 수화가 쪼르르 달려갔다. 이런 수화의 행동에 더 화가 난 장미화는 그 분을 삭이지 못하고 있었다.

"아빠, 삼열이에게 이상한 말씀하신 것은 아니시겠죠?"

"허허허, 그럴 리가 있겠니?"

서재에 나오는 정명훈을 향해 수화가 새초롬한 표정으로 말했다. 그 태도가 상당히 건방져 보였다. 수화는 화가 날 때마다 턱을 치켜드는 묘한 버릇이 있는데 지금이 그랬다.

그녀도 좀 전에 엄마와 다툰 기분이 남아 있어 평상시 아빠에게는 절대 하지 않는 행동을 한 것이다. 사랑에 콩깍지가 씌면 눈에 보이는 게 없어진다.

장미화는 자기와 싸우다가 삼열이 서재에서 나오자마자 달려가 애교를 부리는 수화의 모습에 어이가 없었다. 밉다 밉다 하니 하는 짓이 더 미웠다. 그런데 감히 아버지에게 불손한 태도를 보이는 수화를 보자 아까 났던 화가 다시 머리끝까지 났다.

"저, 그러면 가보겠습니다. 다음에 또 놀러 오겠습니다."

"흥, 이제 안 와도 돼요."

"엄마, 무슨 말을 그렇게 해요? 엄마가 날 무시하지 않으면 이렇게 할 수 없는 거야. 엄마, 도대체 왜 이래요?"

"이게 진짜 보자보자 하니까."

이제 두 모녀가 붙어 서로 노려보는데 수화가 한마디 했다.

"이제 난 삼열이하고 살 거야. 엄마는 간섭하지 마."

"뭐야? 이 계집애가 이제까지 키워줬더니 한다는 말이⋯⋯!"

화가 난 장미화는 인사를 하고 나가려는 삼열의 얼굴에 신발장에 있는 구두를 집어 던졌다.

퍽.

갑자기 날아든 구두에 얼굴을 맞은 삼열의 코에서 피가 주르르 흘렀다. 하필이면 코에 정통으로 맞은 것이다. 갑자기 주변이 적막에 휩싸였다.

깜짝 놀란 수화가 손수건으로 삼열의 코피를 닦고는 장미화에게 소리를 질렀다.

"엄맛! 이, 이게 뭐 하는 짓이에요?"

"뭐어?"

자신의 돌발 행위에 당황하고 있던 장미화의 눈꼬리가 딸의 반항적이고 불량스러운 어투에 다시 올라갔다.

구두에 맞아 코피를 흘린 삼열도 분위기가 이상하게 돌아가자 인사를 하고 급하게 집을 나왔다. 자신이 상상하던 그런 모습과는 너무나 달랐던 시간이었다.

다른 사람들에게 환영받지 못하는 것에 익숙해 있던 삼열도 장미화의 냉대와 정명훈의 교묘한 말에 마음이 많이 상했다.

사랑하는 사람의 집에서 거부를 당하자 마음이 아팠다. 그냥 아픈 것이 아니라 아주 깊은 아픔이었다. 가슴을 짓누르는 통증이 그의 마음을 덮쳐오자 온몸의 힘이 쭉 빠져나갔다.

집에 어떻게 왔는지, 정신을 차리고 보니 아파트의 문을 열고 있었다. 삼열은 현관문을 열고 아주 좁은 거실을 지나 세 평 반 정도 되는 방에 놓여 있는 침대에 몸을 뉘었다. 손이 흘러내리는 눈물을 닦고 있었다.

'시련이 없는 인생은 없어. 죽을병도 극복하고 있으니 내 사랑에도 더 많은 시간과 정성이 필요한 것이겠지.'

삼열은 침대에 누워 몸을 뒤척이며 인생을 더 강하고 열심히 살아야겠다고 결심했다. 누구도 무시하지 못할 그런 사람이 되겠다고.

띵동.

무거워진 몸을 일으켜 현관으로 가려는데 딸깍 하는 소리와 함께 현관문이 열렸다.

열린 문 사이로 후덥지근한 저녁의 공기가 잠시 몰려왔다. 수화가 거기 서서 불안한 눈으로 삼열을 바라보고 있었다.

"괜찮아?"

"네."

"안 괜찮은 거 다 알아. 그래도 나 포기하지 말아줘. 내가 정말 자기에게 잘할게."

"어떻게 포기해요. 가족은 포기할 수 있는 게 아니에요. 수화 씨는 제게 유일한 가족이니까요."

"고마워."

수화가 감격한 표정을 지으며 삼열에게 살며시 안겨왔다. 이렇게 가만히 서로의 가슴을 맞대고 있으니 상처받은 마음이 위로가 되었다. 그 어떤 것보다 더 절실한 위로. 심장의 박동만으로도 삼열은 자신이 수화를 얼마나 사랑하고 있음을 알게 해줬다.

"미안해. 엄마와 싸웠었어. 그게 너에게 불똥이 튄 거야. 그런데… 상처가 난 건 아니지?"

수화는 삼열의 코를 살피며 안타까운 어조로 말했다.

"괜찮아요."

"그렇다고 나 절대 버리면 안 돼."

"그럼요. 이렇게 사랑하는데요."

삼열은 울 것 같은 표정을 하고 있는 수화의 얼굴을 손으로 어루만졌다.

"마음에 여유를 가져 봐요. 그래도 수화 씨를 낳아주시고 키워주신 분들이잖아요. 부모에게 잘해야 해요. 저를 봐요. 잘하고 싶어도 부모님이 안 계시잖아요."

"미안해. 그리고 고마워."

"우린 젊어요. 생각해 보면 방법은 아주 많을 거예요."

"그래, 난 너만 믿을게."

불과 조금 전에 삼열은 마음의 상처를 받았다. 하지만 자신을 위해 이렇게 마음 아파하는 사람이 옆에 있으니 신기하게

도 순식간에 마음의 상처가 치료되었다. 이상할 정도로 신기했다.

"혹시 체하지 않았어?"

"내 위는 생각보다 튼튼해요."

"그럼 다행이고. 엄마는 주책이야. 아무리 마음에 안 든다고 그렇게 대놓고 그렇게 눈치를 주다니. 사실 엄마는 적당히 속물이야. 뭐, 아줌마가 다 그렇지. 그리고… 그리고 나도 은근히 속물이야."

"알고 있었어요."

"너어?"

"하하, 그게 뭐가 어때서요. 수화 씨는 그래도 선을 넘지 않고 이렇게 예쁘잖아요."

"그, 그… 렇지?"

"그럼요."

"헤헤."

마음의 짐을 덜어내니 가로막혔던 장벽이 대단해 보이지 않았다. 그리고 삼열이 생각해도 너무 빠르게 결혼하려고 했던 것도 사실이었다. 교제를 허락해 줬으니 한 걸음씩 다가가면 된다. 인생이란 그런 거다. 절대 안 될 것 같던 일도 하다 보면 어느새 극복되는 법이다.

            *          *          *

　삼열의 일은 생각보다 빨리 진척되어 두 달 만에 비자와 여권이 나왔다. 구단과 삼열의 공식적인 계약은 늦었지만 보스턴 레드삭스와 이야기가 이미 진행되고 있었던 덕분이다. 생각보다 빠른 진행에 삼열은 당황했다. 하지만 미국으로 가지 않을 수는 없다.

　인천공항.

　공항에 나온 수화를 품에 깊이 안은 뒤 삼열은 떨어지지 않는 발걸음을 옮겨 비행기에 몸을 실었다. 20년을 산 나라를 떠나 이제 전혀 알지 못하는 나라로 가는 삼열의 마음에는 설렘보다 무거움이 자리하고 있었다.

　미래에 대한 두려움.

　꿈의 무대인 메이저리그 마운드에 설 수 있을까 하는 회의.

　그런데도 반드시 이루겠다는 집념이 생겼다. 삼열은 두 주먹을 불끈 쥐고는 창밖을 내려다보았다. 창밖에는 솜털 같은 하얀 구름만 보였다.

　공항에는 샘슨사의 직원이 나와 기다리고 있었다. 정말 하나부터 열까지 고객을 성실함으로 대하는 회사였다. 돈을 벌어주는 만큼은 제값을 하겠다는 의지가 눈에 보였다.

　두 사람은 차를 타고 보스턴의 외곽에 도착했다.

"이곳입니다."

브라이언이라고 자신을 소개한 그가 작고 아담한 주택으로 삼열을 데리고 들어갔다. 방은 두 개였다. 삼열이 살던 임대 아파트와는 달리 아기자기하게 꾸며져 있었다.

샘슨사가 1년 동안 리스사를 통해 집주인에게 렌트한 집이다. 필요한 가구와 생활용품은 이미 준비되어 있어 개인적으로 필요한 용품만 구입해서 쓰면 되게 되어 있었다. 삼열은 새로운 집이 마음에 들었다.

"좋네요."

"혼자 지내기에는 나쁘지 않을 것입니다. 마이너리그는 생각보다 팍팍해서 이곳이 호텔이나 큰 집보다는 나을 것입니다."

삼열은 브라이언의 말을 듣고 고개를 끄덕였다. 작지만 제법 공간 확보도 잘되어 있고 무엇보다 내부구조가 아늑한 느낌을 주도록 설계되어 있었다. 거기에 인테리어가 집의 구조와 조화를 이뤄 안락한 분위기를 창출했다.

"삼열 씨가 적응하는 기간에는 제가 차로 픽업할 것입니다. 그동안 면허를 따시고 마음에 드시는 차를 사시면 됩니다."

"네, 그렇게 하겠습니다."

브라이언의 친절도 나중에 비용으로 청구될 것을 알고 있는 삼열은 빨리 미국 생활에 적응할 생각이다.

브라이언이 돌아간 뒤 혼자 저녁을 해서 먹었다. 냉장고에는 먹을 것이 가득 들어 있었다. 적어도 당분간은 필요한 것이 없을 정도로 준비되어 있었다. 심지어 면도기와 칫솔까지 구비되어 있다.

"좋군."

삼열은 소파에 앉아 창문 밖으로 보이는 나무들을 바라보았다. 가끔 사람들이 지나다녔지만 한적한 마을이다. 늘 시끄러웠던 서울에서 살다가 이런 곳에 도착해 보니 낯선 느낌에 마음이 차분해졌다.

한국을 떠나기 전 깊은 섹스를 나누고 난 뒤 '두고 봐!' 하고 소리를 질렀던 수화의 표정을 생각하면 뭔가 일이 일어날 것 같았다.

두 달이 채 안 되는 기간에 삼열은 두 번 더 수화의 집을 방문했었다. 수화의 어머니도 저번의 구두 사건 때문인지 더 이상 삼열에게 눈치를 주지는 않았다. 하지만 그 이상의 진전 또한 없었다.

열한 시가 다 되어갈 즈음에 삼열의 핸드폰이 지잉 하고 울렸다. 삼열은 TV를 끄고 전화를 받았다.

─잘 도착했어?

"네. 거기는 아침이겠네요."

─응, 학교 갈 준비 중이야. 몸은 괜찮지?

"그럼요. 수화 씨는요?"

—나도 괜찮아. 자기, 사랑해.

"저도 사랑해요."

몸이 떨어져 있으니 마음이 더 간절해졌다. 사랑한다는 말이 너무도 쉽게 나왔다. 거리와 시간만큼 마음도 멀어진다는데, 삼열은 절대로 그렇게 되지 않겠다고 결심했다.

*　　　*　　　*

메이저리그에는 마이너리그가 4단계 있다. 트리플A, 더블A, 싱글A와 루키 리그다.

대체로 메이저리그 구단은 산하에 3~5개의 마이너리그 팀을 가지고 있는데 보스턴 레드삭스는 7개의 팀을 운영하고 있다.

보스턴 레드삭스 마이너리그의 최대 유망주로 인정받고 있는 선수가 젠더 보가츠인데 그는 구단과 41만 달러에 계약했다. 19세에 불과한 그는 삼열보다 불과 한 살 어리지만 싱글A에서 뛰고 있다.

그에 반해 삼열은 220만 달러에 계약했다. 이는 1993년 LA 다저스와 계약한 박찬호의 계약금 120만 달러보다 100만 달러나 많다.

그만큼 레드삭스가 삼열에게 기대를 크게 하고 있다는 것인데 이는 레드삭스의 팜시스템에서도 예외적인 경우에 속했다.

2004년 월드 시리즈 우승을 하기 전까지 레드삭스는 86년간이나 우승을 하지 못했다. 이를 밤비노의 저주라 부른다. 밤비노는 이탈리아어로 아기라는 뜻으로, 베이브 루스의 애칭이었다.

보스턴의 홈런 타자인 베이브 루스를 양키스에 팔아먹은 해리 프레지 구단주의 실수였다. 양키스는 그 당시에도 레드삭스의 라이벌이었다. 그런데 팀 최고의 선수를 라이벌에게 팔아버린 것이다.

메이저리그에서 단장은 선수단을 구성하고 운영하는 데 전권을 가진다. 선수의 영입, 트레이드 등등은 모두 단장 손에서 결정된다.

지금은 시카고 컵스의 사장으로 옮긴 존스타인 단장은 불과 28세에 레드삭스의 단장이 되었다. 이는 전례가 없는 일이었다. 대부분 구단의 단장은 선수 출신으로, 나이가 많은 베테랑이 맡곤 했다.

그는 팜을 육성하는 것으로 구단의 힘을 키웠다. 그가 맡았을 때 보스턴 레드삭스의 트리플A의 팜 랭킹이 25위였는데 지금은 2위다.

삼열은 더블A인 포틀랜드 씨 독스(Portland Sea Dogs)에서 시작한다. 이는 그를 레드삭스가 굉장히 대우해 주는 것이다. 100마일에 가까운 강속구에 제구까지 훌륭하니 어쩌면 당연한 일이었다.

대부분의 구단은 항상 투수 빈곤에 허덕인다. 레드삭스도 피터 박스터와 조시 버킷을 제외하고는 선발진이 무너진 상태였다. 레드삭스가 삼열에게 기대하는 이유가 여기에 있었다. 잘하면 제1선발인 피터 박스터를 위협할 만한 가능성을 가진 선수로 본 것이다.

삼열은 며칠 쉬면서 홈구장인 포틀랜드의 구장을 구경했다. 구장은 1994년 개장하여 7,400명의 관중을 수용할 수 있었다. 바로 그 옆에는 미식축구장이 있다.

삼열이 구장 안으로 들어가려고 하자 관리인으로 보이는 금발의 백인이 막아섰다.

"누구십니까?"

"새로 온 투수인데 그라운드를 한번 구경했으면 합니다."

삼열이 관리인에게 말하자 그가 다시 삼열을 바라보더니 말했다.

"와우, 삼열 강이군요. 나는 제레미 픽스라고, 포틀랜드의 사무국에서 근무합니다. 이틀 후에 온다고 들었는데 아닌가 보죠?"

"맞습니다. 잠시 바람을 쐬러 나왔다가 궁금해서 와봤습니다."

"환영합니다. 지금은 우리 선수들이 원정 경기에 나가 있어 구장이 비어 있지요. 그러니 마음대로 구경하셔도 좋습니다."

재미난 성격의 제레미는 잠시 사라졌다가 다시 나타나 부탁을 하지 않았는데도 삼열에게 구장을 소개시켜 주었다.

국내 구장을 몇 군데만 가본 삼열에게는 포틀랜드 씨 독스의 헤드락필드 구장은 정말 좋은 구장이었다. 마이너리그는 축구로 보면 유소년 팀이나 마찬가지다. 이곳에서 가능성이 있는 선수들을 키워 메이저리그에 필요한 선수를 충당한다. 그런데도 더블A의 야구장 관중석이 7,400석이나 된다는 것이 마냥 부러울 뿐이었다.

레드삭스 팜시스템에는 존스타인 전 단장의 흔적이 곳곳에 녹아 있다. 비록 FA가 된 몇몇 선수를 영입할 때 실패를 했지만 그의 업적은 절대적이었다. 그중 하나가 일본인 투수 마쓰자카 다이스케인데, 6년간 5,200만 달러에 계약했지만 잦은 부상과 부진으로 먹튀가 되어버렸다.

존스타인이 레드삭스의 단장이 되었을 때 주전 선수 스물다섯 명 중에서 단 세 명만이 그보다 나이가 어렸지만, 그는 완벽하게 팀을 장악했다. 심지어 팀의 대표적 인기 선수인 노마 가르시아파라를 다른 팀으로 트레이드시켜 버렸다.

그리고 그는 연봉 대비 저평가된 실력 좋은 선수들로 구단을 완전히 바꿔 버렸다. 지금 트리플A에서 활동하는 선수들과 레드삭스의 주전은 그가 발굴한 선수들이 주축이 되어 있다.

삼열이 메이저리그에 올라가 주전 경쟁을 하게 된다면 존스타인의 망령과도 경쟁해야 한다.

"나는 마운드의 왕이 될 거야."

삼열은 마운드에 올라 무릎을 꿇고 흙을 만지며 발판을 손으로 두드렸다. 그 모든 행위가 하나의 예식같이 숙연했다. 그는 일어나 발로 발판을 탕탕 찼다.

이제 본격적인 생존 경쟁에 들어가야 한다.

이곳에 모인 선수들은 조금만 운이 좋거나 실력이 향상되면 언제든지 메이저리그로 올라갈 수 있는 선수들이지만 어떤 이들은 평생을 메이저리그 무대도 밟지 못하고 은퇴하게 될지도 모른다. 그만큼 프로의 세계는 냉정하다.

삼열이 마운드를 내려오니 제레미가 기다리고 있었다.

"삼열 씨, 시간 되시면 우리 사무처 직원들과 인사하시죠. 모두 삼열 씨를 보고 싶어 합니다."

"아, 네. 그러죠."

삼열은 자신을 보고 싶어 한다는 말에 가슴이 찡했다. 생각보다 외로움이 자신의 삶을 지배했었나 하고 생각했다.

2층에 있는 사무실로 가는 동안 제레미는 친절한 미소를 잃지 않고 유쾌한 농담을 곁들여 가며 이야기를 했다. 제법 먼 사무실로 가는 길이 끝나자 그의 수다에 가까운 이야기도 끝이 났다.

"엘레나, 조셉, 팜, 네이미! 내가 누구를 모셔왔을까? 맞춰 봐!"

"아까 말한 그 동양인 선수? 오 마이 갓. 어서 들어오라고 해."

삼열이 사무실로 들어가자 환한 미소를 가진 직원들이 그를 환영했다. 수없이 많은 사람을 맞이하고 동시에 떠나보내면서 이렇게 인간에 대한 깊은 관심을 유지하는 것은 어려운 법이다. 그런 면에서 삼열은 이들이 좋아졌다.

"난 엘레나 미헤엘이에요. 만나서 반가워요. 내가 미인이라는 것만 알아줬으면 해요."

"하하, 엘레나. 그건 반칙이야."

"뭐가 반칙이죠? 어쨌든 미인인 것은 맞잖아요."

"그거야 마리아가 없을 때 이야기지."

"꿍~"

엘레나는 금발에 갈색이 약간 섞인 머리와 파란 눈을 가진 아름다운 여자였다. 그녀는 억울한지 입을 다물었지만 곧 명랑한 얼굴로 변했다.

삼열이 보기에 이 사무실에 그녀가 외모로 경쟁하는 라이벌이 있는 것 같았고, 지금은 그 경쟁 상대가 없는 모양이었다.

"난 조셉 오처스라고 합니다. 포틀랜드에 온 것을 환영합니다."

사무실에 있던 직원들과 인사를 끝내자 제레미는 그를 작은 부스로 인도했다.

"여기서 간단한 안내를 받으면 될 것입니다. 다른 일들은 동행한 에이전트 브라이언 씨와 이야기하면 될 것 같군요."

브라이언은 이곳에 삼열을 안내해 준 다음 별다른 행동을 하지 않았다. 아직은 삼열이 시차와 낯선 환경에 적응할 수 있도록 도와주는 것만 하고 있었다.

자칭 미인이라고 했던 엘레나가 몇 가지 프린트물을 들고 부스로 들어와 삼열의 앞에 앉았다.

"자, 다른 분들은 나가 주실까요? 이 멋진 분은 저와 데이트가 있답니다."

"하하, 엘레나. 그렇다고 유혹하면 곤란해. 알지?"

"흥, 절대 안 그래요."

브라이언과 제레미가 부스를 나가자 엘레나가 환한 미소를 지으며 삼열에게 말했다. 눈웃음을 살살 치며 말하는 것이, 마치 예전 유명한 아이돌 가수 중의 한 명을 보는 것 같았다.

왜 제레미가 엘레나에게 유혹하지 말라고 말했는지 금방 이해가 되었다. 문제는 그녀의 눈웃음이었던 것이다.

"이것은 이곳 구장의 안내도예요. 그리고 이것은 포틀랜드 선수들의 남은 경기대진표고요. 다행스럽게도 앞으로 하게 될 여섯 경기는 모두 홈경기예요."

삼열은 눈앞에서 아름다운 백인 여자가 눈웃음을 치며 이야기하자 약간 당혹스러웠다. 그가 백인 여자와 이야기를 한 경우가 없었기 때문이기도 하였지만, 바로 두 눈을 크게 뜨고 상긋하게 웃으며 이야기를 하는 여자는 처음이었기 때문이다.

엘레나는 눈앞의 삼열을 보며 생각했다.

'호호, 순진한 보이군. 내가 한번 유혹해 볼까?'

동양인치고는 무척이나 큰 삼열이었다. 투수들은 대체로 190㎝ 이상의 선수가 많았다.

물론 아리조나 다이아몬드백스의 에이스 이안 케네디는 키가 183㎝밖에 안 되지만, 작년에 월드 시리즈를 우승한 세인트루이스 카디널스의 에이스 크리스 카펜터는 199㎝이고 애덤 웨인라이트는 202㎝이다.

축구에서 골키퍼는 키 큰 선수가 많이 하는 것처럼 투수도 마찬가지였다. 물론 키가 182㎝인 그렉 매덕스는 예외에 속한다.

삼열은 점차 끈적거리는 눈빛으로 변하는 엘레나에게 야구
공을 하나 구해 달라고 했다.

"야구공을요?"

"네, 새것으로요."

"아~ 한국의 야구공은 메이저리그와 다르죠. 호호호, 정
말 준비성이 좋으시군요."

엘레나는 야구공을 가지러 부스를 나갔다. 그제야 삼열은
한숨을 크게 내쉬었다. 마침 삼열에게 커피를 가져다주려고
왔던 제레미가 그 모습을 보고 웃었다.

"삼열 씨, 커피 드십시오. 오늘 문을 연 카페테리아가 여기
서 좀 멀어서 이제야 가져왔네요."

"아, 감사합니다."

"제레미, 제 것은요?"

엘레나가 제레미의 뒤에서 매의 눈으로 노려보고 있었다.

"하하, 물론 가져왔지. 내가 잊을 리가 있나."

제레미는 재빨리 부스를 나가 커피를 가져왔다. 눈치를 보
니 자기가 먹으려고 한 것을 가져온 것 같았다. 이렇듯 사무
실 분위기가 밝고 서로 신뢰를 하는 모습이 보여 삼열의 마음
이 포근해졌다.

"여기 있어요."

삼열은 야구공을 받아 들었다. 그녀는 공 세 개를 두 손으

로 가져왔는데 그것을 삼열이 한 손으로 받자 조금 놀란 듯했다.

"손이 크군요."

"네, 또한 길기도 하지요."

삼열은 키에 비해 팔이 약간 긴 편이었다. 그렇다고 삼국지에 나오는 유비처럼 그렇게 길지는 않다. 다만 일반인보다 조금 더 길었을 뿐이다.

삼열은 야구공을 만져 보았다. 들었던 대로 공의 표면이 매끄러웠다. 며칠 가지고 놀아야 적응할 수 있을 것 같았다. 공이 매끄러워서 메이저리그 선수들이 더 강력한 공을 던진다고 말한 어떤 선수의 말은, 공을 만져 보니 아닌 것 같았다.

조금 유리할 수는 있어도 공의 표면 때문에 스핀이 더 강력하게 걸릴 것 같지는 않았다. 다만 표면이 미끄러워서 공기의 저항을 조금 덜 받을 것 같기는 했다.

"흐음."

"왜 그러죠?"

"아, 야구공의 표면이 생각보다 미끄러워서요."

"메이저리그의 모든 규칙과 장비들은 관중들의 재미에 맞춰져 있어요. 타자들의 실력이 높아질수록 투수들에게도 유리한 것들을 제공해 줘야 했죠. 그렇다고 스트라이크존을 바꿀 수는 없잖아요."

삼열은 앨레나의 말에 고개를 끄덕였다. 불과 얼마 전까지 타자들이 약물을 복용한 것이 밝혀져 그들이 이루어놓은 업적에 큰 상처를 입었다.

삼열은 공을 가지고 사무실을 나왔다. 저렇게 매력적인 엘레나가 경쟁심을 갖는 여자가 누굴까 하는 궁금증이 생겼다.

'누굴까?'

삼열은 수화가 미국인이었다면 얼마나 좋았을까 생각했다. 미국 사회도 상류층은 굉장히 보수적이긴 하지만 자신의 삶에 대한 결정권은 그 자신에게 있다.

만약 수화와 보낸 그 많은 시간을 이곳에서 보냈다면 지금쯤은 아마 동거나 결혼을 했을 것이다. 결혼이나 이혼이 아직도 상처의 흔적으로 남는 한국 사회는 그만큼 더 보수적일 수밖에 없다.

'난 이곳에서 내 꿈을 이룰 거야.'

삼열은 손으로 코를 만지며 주먹을 굳게 쥐었다. 다시는 무시를 받지 않겠다는 생각을 하며 집으로 돌아왔다.

지금까지 삼열의 모든 노력이 '생존을 위한 투쟁'이었다면, 이제부터는 '명예를 위한 투쟁'으로 바뀌었다. 누구도 자신을 무시할 수 없게 만들기 위해 그는 자신의 모든 에너지를 사용하기로 결심한 것이다.

＊　　　＊　　　＊

샘슨사에 부탁한 러닝머신이 드디어 도착했다. 그동안은 공원에서 가볍게 조깅했다. 낯선 곳에서 평상시에 하듯 미친 것처럼 뛸 수는 없었다.

"난 이루고 말 거야."

삼열은 러닝머신에 몸을 올려놓으며 다시 한 번 이를 악물었다.

삼열은 포기할 수 없었다. 수화가 가진 상냥함과 명랑함, 그리고 배려하는 모습을. 그녀의 아버지가 정부 기관의 고위 공직자이고 집안 전체로 보면 최상류층에 속했기에 자신의 천재성과 가능성도 단 한 번에 무시되었다.

삼열은 뛰고 또 뛰었다. 심장이 터질 것 같아도 멈추지 않았다. 이제는 어쩔 수가 없다. 뛰는 시간을 늘리는 것은 의미가 없다. 몇 시간을 뛰어도 육체의 한계에 도달하지 못하니까. 그렇다고 하루 24시간을 뛸 수는 없다. 그래서 속도를 높일 수밖에 없었다.

"하아, 하아~!"

세 시간을 극도로 몸을 혹사하자 더 이상 견디지 못하고 삼열은 나가떨어졌다. 기어서 침대로 가 누웠다. 땀이 비 오듯 흘러내렸다. 정말 오랜만에 흘리는 땀이었다.

그리고 졸음이 폭풍처럼 몰려왔다. 육체의 한계가 지나쳐 정신을 잃기 바로 전이었다. 눈을 감자 의식의 끈이 저 멀리 사라지면서 잠에 빠져들었다.

그가 잠들자 그의 가슴에서 푸른빛이 흘러나왔다. 그 빛은 흐릿했지만 삼열의 몸 전체를 감쌌다.

그렇게 시간이 흘러 삼열이 눈을 떴을 때는 이미 하루가 지난 후였다.

몸이 유난히 가벼웠다. 삼열은 자신이 또다시 발전했음을 깨달았다. 그럼에도 불구하고 자신이 하나의 벽을 깬 것은 아니라는 것을 알았다.

벽은 너무나 견고했다. 삼열은 모르고 있었다. 벽을 깨는 것은 육체의 한계를 극복한 훈련을 하는 것이 아니라 그의 심장에서 발아한 불의 씨앗이 하는 것이라는 것을.

삼열은 미카엘이 만든 두 개의 안테나를 미국으로 올 때 가져왔다. 이것을 연구하기 위해 많은 시간을 투자할 생각이지만 아직은 아는 게 하나도 없었다. 그러나 이곳은 미국. 전 세계의 모든 정보가 모여드는 곳이다.

삼열은 쉽지는 않겠지만 안테나를 연구해 보기로 했다. 하루에 한 시간 정도만 투자한다면 선수 생활에도 지장을 받지 않을 것이고, 아니다 싶으면 바로 접을 수도 있으니 말이다.

역사상 가장 위대한 선수 세 명 중 한 명으로 꼽히는 타이

콥은 은퇴 후에도 큰 부자가 되었다. 사업과 투자를 잘해서 부자가 된 것이다.

그러나 373승을 거두고 세 번의 트리플 크라운을 달성한 피트 알렉산더는 명예의 전당에 오른 후 인터뷰에서 명예의 전당을 뜯어먹고 살 수는 없다고 말할 정도로 비참한 말년을 보냈다. 간질 증상이 나타난 후에 술에 의지한 결과였다.

삼열은 야구를 미치도록 하고 싶었지만 큰돈을 버는 건 야구보다 자신의 천재적인 머리를 이용하기로 결심했다. 아직 그것이 성공할 수 있을지는 모르지만 그에게는 미카엘이 주고 간 고급문화의 잔재들이 남아 있다.

장미화에게 구두로 코를 맞은 후부터 삼열의 가슴에는 야망이 생겼다. 누구도 자신을 무시하지 못하게 만들겠다는. 그래서 변호사를 만나 작은아버지가 가져간 재산을 되돌려 받는 소송도 진행하기로 했다.

이틀이 지나 삼열은 포틀랜드 씨 독스에 가서 정식으로 감독과 선수들을 만나 인사를 나눴다. 헤드락필드가 홈구장인 포틀랜드 씨 독스는 동부 리그에 속해 있다.

"헤이, 일본인?"

"한국."

"아, 난 또 다자와와 같은 일본인인 줄 알았지."

"다자와?"

"얼마 전에 여기서 뛰었지."

히스패닉 계열로 보이는 이글루시아가 말했다. 팀 분위기는 나빠 보이지 않았다. 바로 전 경기에서 승리하고 돌아왔기 때문이다.

'다자와라?'

삼열은 다자와 준이치에 대해 알아봐야겠다 생각했다. 그는 사회인 야구팀에 속했던 선수로 메이저 무대를 밟았지만, 부진으로 루키 리그로까지 강등당했다가 지금은 다시 메이저 리그로 올라갔다.

삼열과 비슷하게 156㎞/h의 직구를 던지는데, 계약할 당시 마쓰자카 다이스케의 영향이었는지 삼열보다 더 많은 300만 달러의 계약금을 받았다.

보스턴 레드삭스는 FA선수들의 영입에 실패한 후 다시 베팅에 보수적으로 돌아섰다.

객관적인 구위와 제구력은 삼열이 좋았음에도 불구하고 그보다 더 적게 받은 이유는 다자와가 세미프로인 사회인 야구에서 13승 1패 평균 자책점 0.80을 던져 실력을 검증받았기 때문이다.

원래 불펜진으로 영입한 그는 올해 레드삭스에서 6이닝을 던지고 1세이브에 무실점을 기록하고 있다.

"자, 삼열이는 피칭 코치인 밥 키퍼와 이야기를 해서 출전 날짜를 잡도록 하고, 다들 가서 훈련들 하라고. 주장 매튜는 나를 좀 보고 가고."

케빈 보레스 감독이 말을 하자 다들 자리를 떴다. 삼열도 나가는데 아까 말을 걸었던 이글루시아가 삼열에게 말했다.

"헤이, 삼열. 이름이 너무 어려워. 부르기 좀 편한 이름은 없어?"

"편한 이름?"

삼열도 자신의 이름이 발음하기가 쉽지 않다는 것을 알고 있다. 사람들은 이름을 잘못 부르면 실례가 되기에 다들 조심스럽게 삼열의 이름을 불렀지만 미국인이 부르기에는 발음이 거칠었다.

"생각해 볼게."

"역시 넌 착하군."

"뭐가 착해?"

"하하, 아냐. 내가 보기에는 동양인들이 대체로 착하더라고."

이글루시아는 동양인이 성실하고 나대지 않는 것을 착하다고 본 모양이었다. 하긴 일본인을 만났다면 그런 생각을 할 만했다.

겉으로 보면 일본인만큼 예의 바르고 체면을 중시하는 민

족도 없다. 일본인은 절대 화를 겉으로 표현하지 않고 남에게 폐가 되는 행동은 하지 않는다. 그런데 뒷구멍으로는 할 건 다 한다.

삼열은 이글루시아의 말을 들으며 밥 키퍼 투수 코치가 있는 곳으로 갔다. 그를 찾는 것은 쉬웠다. 다른 선수들과 함께 우르르 나가서 투수들이 있는 곳으로 가니 밥 키퍼 피칭 코치가 먼저 그를 알아보고는 아는 체를 했기 때문이다.

삼열은 본격적으로 구단에 합류하면서 체계적인 훈련을 받게 되었다. 훈련에 합류하자마자 삼열은 왜 메이저리그가 세계 최고인지를 바로 알게 되었다. 무엇보다도 피칭 코치진의 체계적이고 과학적인 훈련은 놀라웠다.

메이저리그의 선수들이 은퇴한 후에 코치진으로 오는 경우가 많아 수준이 높았고, 또한 다양한 경험을 가지고 있어 새로운 구질과 경기 노하우를 그들로부터 배울 수 있다.

쉽게 말해 한국에서는 컷 패스트볼을 배울 곳이 없었던 반면 메이저리그는 마이너리그에서 기본으로 장착하고 올라가는 경우가 많다.

삼열은 밥 키퍼 투수 코치에게서 컷 패스트볼을 다시 다듬었다. 스콧제임스가 잘 가르쳐 주었지만 그때는 시간이 많지 않아 섬세하게 컨트롤하는 법을 배우지 못했다.

역시 손가락을 강화한 것이 주효했다. 투수에게는 손목의 힘 다음으로 손가락 힘이 중요했다. 물론 공은 어깨로 던지는 것이니 당연히 어깨의 중요성은 강조할 필요도 없다.

어깨와 손목이 공의 속도를 좌우한다면 손가락의 힘은 공의 방향과 회전을 좌우한다. 마리아노 리베라와 같이 강력한 커터를 가지려면 손가락의 힘이 지금보다 더 강해져야 한다.

"굉장하군."

밥 키퍼 코치는 삼열이 강력한 공을 구사하면서도 공의 무브먼트가 좋은 것을 보고 놀랐다. 특히 커터를 사용하는데 공이 옆으로 휘는 각도가 상당해 보여 기구로 측정을 해보니 무려 7cm나 되었다.

삼열은 아직까지는 직구의 스피드를 떨어뜨리는 구질을 던지기는 싫었다. 하지만 마이너리그에서 다양한 구종을 배우지 않으면 망하는 것은 결국 자신이다.

체인지업은 메이저리그 필수 구종 가운데 하나다. 체인지업은 오프 스피드 피치로 직구의 속도를 줄여서 상대 타자의 타이밍을 뺏는 공이다. 당연히 투구폼도 직구를 던질 때와 같아야 한다.

체인지업의 특징은 손바닥을 공에 붙여서 공의 속도를 줄이는 것이다. 직구와 같은 동작으로 던져야 하므로 보이지 않는 뭔가가 달라야 하는데, 그게 바로 손가락의 힘이 아니라 손바닥 전체로 던지는 것이다.

서클 체인지업은 삼열과 같이 손이 큰 선수가 던지기 좋은 공이어서 배우는 중이었다.

밥 키퍼 코치는 삼열의 체인지업과 직구가 20km/h이나 차이 나자 매우 놀라워했다. 삼열은 체인지업을 배우며 커터를 다듬었다. 하지만 삼열은 단 한 번도 전력투구를 하지 않았다.

그가 생각하기에는 아직은 투구폼이 나빠질 가능성이 존재했다. 더 시간을 투자하여 투구폼을 완벽하게 자신의 것으로 만들 생각이었다.

삼열은 다행히 야구를 시작한 지가 얼마 되지 않아 어깨가 싱싱한 편이었다. 게다가 신성석의 영향으로 어지간한 부상은 잠만 자고 나면 나았다. 하지만 그는 사람들에게 이런 자신의 비밀을 말해줄 수는 없다.

메이저리그에서 417승을 한 월터 존슨은 처음에 패스트볼만 던졌다. 후에 커브를 던지기 시작했는데 사람들은 그가 만약 처음부터 커브를 던졌다면 아무도 그의 공을 치지 못했을 것이라고 했다.

강속구를 가지고 있어도 다양한 공을 던져야 메이저리그에서 롱런할 수 있다. 타격의 메커니즘이 발달한 현대에는 공이 빨라서 못 치는 일은 거의 없어졌다. 아무리 빨라도 제구가 안 되는 공은 모두 다 담장을 넘어간다.

이러한 사실을 너무나 잘 알고 있는 삼열은 새로 배운 공을 자신의 것으로 만들려고 애썼다.

지금 당장의 성적은 아무것도 아니다. 메이저리그는 항상 투수가 부족하기 때문에 정상급 투수에게는 언제나 기회가 열려 있다. 삼열은 끊임없이 투구를 연습하면서도 초조해하지 않았다. 그는 자신의 실력을 누구보다 믿었다. 동시에 자신의 단점도 누구보다 잘 알았다.

밥 키퍼 투수 코치는 삼열을 쉽게 경기에 올려보내지 않았다. 적어도 메이저리그는 물론 마이너리그조차도 체인지업을 제대로 던져야 마운드에서 버틸 수 있는데, 웬일인지 삼열의 체인지업이 들쭉날쭉했던 것이다.

게다가 손가락에 힘을 주고 던지는 것이 버릇이 되었는지 힘을 빼고 던지는 것이 쉽지 않았다.

삼열은 연습으로 지쳐 집에 들어오면 항상 자기 바빴다. 어지간한 일에는 지치지 않는 그의 체력으로도 버티기 버거울 정도로 훈련은 고되었다.

새로운 환경에 적응하느라 긴장을 해서인지 아니면 새로 배우는 구질에 쉽게 적응이 안 되어서인지 요즘 그의 신경도 날카로워져 있었다. 그러다 보니 수화와의 통화 횟수도 줄어들기 시작했다. 결정적인 것은 시차의 문제였다.

*         *         *

삼열이 경기에 나가게 된 것은 포틀랜드 씨 독스에 온 지 두 달이 지나서였다. 그렇게 되니 시즌을 마무리하는 계절이 얼마 남지 않았다. 메이저리그의 선수 등록이 확대되면서 빠져나간 투수진을 보강하기 위해 이제는 어쩔 수 없이 경기에 참석해야 하는 것이었다.

하지만 이런 처사가 삼열에게 주어진 일종의 특혜인 것을 나중에 알게 되었다. 더블A도 엄청나게 경쟁이 심하다는 것을 이때에는 알지 못했었다.

"이제 내일이군. 삼열은 잘할 거야. 그리고 얼마 지나지 않아 메이저리그를 평정할 거야."

"제가 잘되면 모두 밥 키퍼 코치님의 덕입니다."

"하하하, 입에 발린 말이지만 듣기는 좋군. 너희 동양인들은 겸손해서 좋아. 하지만 이곳에서 살아남으려면 그렇게 겸손해서는 곤란해."

"알고 있어요. 전 사실을 말했을 뿐이죠."

"아, 마리아 멜로라인이 왔는데 소개시켜 줄까?"

"마리아요?"

"엘레나가 라이벌 의식을 가진 친구지. 얼마 전까지 장기 휴가를 갔다 왔어."

"휴가요?"

삼열은 이곳에 온 지 2개월이 지났음에도 그녀를 보지 못한 것을 기억했다.

"아, 그녀의 박사 학위가 이제야 패스되었다네."

삼열은 박사 학위라는 말에 움찔했다. 그러고 보니 모두 자신보다 나이가 많은 여자들이었던 것이다. 가끔 눈웃음을 치며 말하는 엘레나도 26세로 삼열에게는 누나였다.

'그러고 보니 다 연상이었군.'

삼열은 새삼스레 귀여운 척을 하던 엘레나의 얼굴이 생각나 웃음이 나왔다.

"아, 마리아를 만난다고 생각하니 좋은가 보군."

"아, 그게 아닙니다. 엘레나가 한국에서는 누나가 되거든요. 한국 남자들은 연상의 여자와는 잘 사귀지 않습니다."

"하하하, 그런 말도 안 되는 생각을 하다니. 그리고 마리아는 자네가 생각하는 것보다 더 미인이네."

"그 정도 미인이라면 노리는 다른 선수도 많을 텐데요."

"하하하, 지금도 몇몇 놈이 데이트를 신청하다가 거절당했을 것이네."

"그리고 저는 애인이 있습니다."

"뭐어? 의외군."

"결혼하고 싶었는데 여자의 집안에서 반대했습니다. 우리의 나이가 어리기도 하고요."

"여자의 집안에서 왜 반대를 하는가? 결혼은 당사자가 하는 것인데. 그런데 열아홉이면 좀 어리긴 하군."

이곳의 나이는 무조건 만으로 계산하고 생일이 지나지 않으면 또 거기서 한 살을 빼야 한다. 그래서 삼열은 19세의 소년이 되어버렸다.

"그런데 자네 애인은 왜 이곳에 오지를 않나? 아참, 그녀의 집에서 반대했다고 했지? 하여튼 잘해보게."

"그래야죠."

밥 키퍼는 말수가 적은 이 어린 소년이 좋았다. 말은 없지만 현명하게 반짝이는 눈을 가진 이 소년은 그가 보기에도 천재였다. 어지간한 설명은 단 한 번만으로도 완벽하게 이해할 뿐만 아니라 추론과 유추를 통해 새로운 질문을 하곤 했다.

안타까운 것은 그의 머리만큼 몸이 따라가지 않는다는 것인데 그것을 훈련으로 극복하는 성실함이 존경스러울 정도였다.

밥 키퍼는 아름답게 빛나는 마리아를 생각했다. 삼열과 잘 어울릴 것 같은데 본인이 애인이 있다고 하니 어쩔 도리가 없다.

마침 마리아 멜로라인이 사무실에서 나와 타자들이 있는 곳으로 걸어가고 있었다. 금발에 푸른 눈을 가진 그녀는 도도

한 표정으로 가서 몇 마디 말을 하고는 다시 되돌아왔다.

밥 키퍼는 이참에 삼열과 인사를 시켜야겠다고 생각하고 마리아를 불렀다. 긴 생머리의 그녀가 밥 키퍼가 부르는 소리를 듣고 다가왔다.

삼열은 마리아를 보고 가슴이 뛰었다. 단정한 얼굴과 도도한 모습은 처음 본 남자라도 그녀를 가슴속에 담을 만큼 완벽하게 아름다웠다.

"하이, 마리아. 오랜만이야."

"어제 봤잖아요."

"하하, 그렇지. 미인은 자꾸 보고 싶어지거든."

"조안나에게 이를 거예요."

"하하, 얼마든지. 제발 내 와이프가 질투심을 가지게 좀 해줘. 요즘엔 도무지 나에게 관심이 없어."

"호호, 조안나가 또 봉사활동에 빠지셨나 보죠?"

"그래. 이번에는 아프리카를 가겠다고 하는 것을 겨우 말렸어. 아참, 마리아가 휴가를 내었을 때 온 우리 선수, 삼열 강이야. 인사해."

"아, 안녕하세요. 마리아 멜로라인이라고 해요. 내일 첫 시합이시군요."

"만나서 반갑습니다."

마리아가 환하게 웃으며 인사를 하는 모습을 보자 삼열의 가슴이 저절로 반응했다. 사랑하는 사람이 있는데도 남자의 본능은 절제를 모르는 듯 아름다운 여자를 보자 심장이 두근 거리고 있었던 것이다.

"아까 또 톰이 데이트 신청을 하는 것 같던데?"

"호호, 괜히 해보는 거예요."

"그렇지 않은 것 같던데."

"전 장난스러운 연애는 사절이에요. 전 가정을 소중하게 여기는 남자랑 데이트할 거예요."

"그야 당연한 이야기지. 그러면 톰은 가정을 소중히 여기지 않는다는 말인가?"

"그는 술을 너무 많이 마시고 돈을 잘 써요. 그의 아내가 될 사람은 고생할 게 틀림없어요."

삼열도 톰이 누군지 안다. 197㎝의 잘생긴 백인이었다. 조만간 트리플A로 갈 것이라는 말이 나도는 선수인데 인종차별을 하는 사람이었다.

"마리아, 이 친구는 여자 친구가 있으니 그렇게 눈을 빛내지 말라고."

"호호, 정말요? 나이도 어려서 난 또 없는 줄 알았죠."

밥 키퍼가 농담하자 마리아도 즐겁게 대답했다. 엘레나도 명랑한데 마리아는 더 명랑한 성격인 것 같았다. 그런데도 이렇게 단정한 모습을 보이는 것이 신기할 정도였다.

"드디어 박사가 된 것인가?"

"네, 아빠가 내건 조건이었으니 학위 과정은 마쳤어야 했어요."

"호오~ 박사 학위까지 4년 반이라. 너무 부럽군."

"전 공부하는 것은 좀 아닌 것 같아요."

"좋아하지도 않는데 그렇게 빨리 학위를 땄어?"

"그건 조건이었으니 어쩔 수 없죠. 싫은 것이니 빨리 끝마쳐야죠."

"하하, 그래도 내일은 홈경기라 좋군."

"기록을 보니 삼열 씨는 일찍 등판할 것 같았는데 왜 이렇게 늦어진 거죠? 부상이라도 있었나요?"

"이 친구가 원해서 그런 거야. 몸에 이상은 없어."

"아~"

마리아는 삼열을 다시 찬찬히 살펴보았다. 이곳에 오면 모두 경기에 나가고 싶어 안달이 난다. 빨리 인정을 받아 메이저리그에 진출하고 싶기 때문이다.

마리아는 잠깐 이야기를 하고 사무실로 돌아갔다. 그사이 그녀를 보기 위해 몰려든 선수가 다섯 명이나 되었다.

삼열은 마리아의 얼굴을 보고는 마음에 들었다. 일단 그는 명랑한 성격을 가진 사람들을 좋아했다. 그래서인지 긍정적인 마인드를 가진 이곳 사람들 대부분이 좋았다. 아까 말한 인종

차별자 톰과 몇몇을 제외하곤 말이다.

19세 소년 취급을 받는 삼열은 훈련을 일찍 마치고 브라이언의 차를 타고 집으로 돌아왔다. 내일 선발투수로 확정이 되어서 일찍 쉬려고 한 것이다.

삼열은 소파에 앉아 종이를 펼쳤다. 밥 키퍼 투수 코치가 준 상대 팀 타자들의 분석표였다. 타자가 좋아하는 구종과 버릇 등이 적혀 있었다. 삼열은 그 내용을 모두 암기하였다.

이제 처음으로 경기에 나갈 것을 생각하니 설레기도 하고 흥분되기도 하였다. 이곳에서 새로운 꿈이 시작된다.

그는 잠시 러닝머신을 하고는 일찍 잠자리에 들었다. 꿈결에 핸드폰이 지잉 하고 울린 것 같았지만 내일 경기가 중요해서 무시하고 그냥 잤다.

『MLB─메이저리그』 4권에 계속…

이 시대를 선도하는 **이북** 사이트

# 이젠북

# www.ezenbook.co.kr

더욱 막강해진 라인업!
최강의 작가들이 보이는 최고의 재미.

이들의 "유료연재"가 시작됩니다!

김재한 『성운을 먹는 자』       태제 『태왕기 현왕전』
홍정훈 『월야환담 광월야』     전진검 『퍼팩트 로드』
이지환 『어린황후』            방태산 『완벽한 인생』
좌백 『천마군림 2부』          왕후장상 『전혁』
김정률 『아나크레온』          설경구 『게임볼』

검색창에 **이젠북** 을 쳐보세요! ▼ 🔍

# 초대형 24시 만화방

신간 100%, 샤워실, 흡연실, 수면실(침대석), 커플석, 세탁기 완비

## ▪ 강북 노원역점 ▪

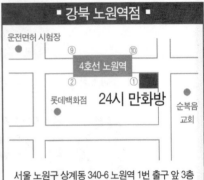

서울 노원구 상계동 340-6 노원역 1번 출구 앞 3층
02) 951-8324 (화용빌딩 3층)

## ▪ 일산 정발산역점 ▪

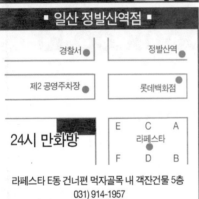

라페스타 E동 건너편 먹자골목 내 객잔건물 5층
031) 914-1957

## ▪ 일산 화정역점 ▪

경기도 고양시 덕양구 화정동 984번지 서일빌딩 7층
031) 979-4874 (서일사우나 건물 7층)

## ▪ 부천 역곡역점 ▪

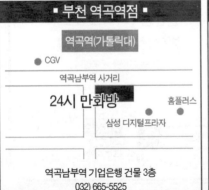

역곡남부역 기업은행 건물 3층
032) 665-5525

## ▪ 부평역점 ▪

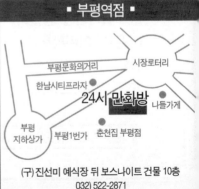

(구) 진선미 예식장 뒤 보스나이트 건물 10층
032) 522-2871

월야환담

채월야 · 홍정훈 장편 소설

"미친 달의 세계에 온 것을 환영한다!"

서울을 중심으로 펼쳐지는 뱀파이어, 그리고 뱀파이어 사냥꾼들의 이야기!
한국형 판타지의 신화, 월야환담 시리즈 애장판
그 첫 번째 채월야!

Book Publishing CHUNGEORAM

유행이 아닌 자유추구 -
WWW.chungeoram.com

# 내일을 향해 쏴라

## 김형석 장편 소설

FUSION FANTASTIC STORY

1만 시간의 법칙!
'성공은 1만 시간의 노력이 만든다' 는 뜻이다.

그러나…
사회복지학과 복학생 수.
전공 실습으로 나간 호스피스 병동에서
미지와 조우하다.

1만 시간의 법칙?
아니, 1분의 법칙!

**전무후무한 능력이 수에게 강림하다!**
**맨주먹 하나로 시작한 수의**
**인생역전이 시작된다!**

Book Publishing CHUNGEORAM

유행이 아닌 자유추구 -
WWW.chungeoram.com

승유 퓨전 판타지 소설

FUSION FANTASTIC STORY

# 환생마법사

*Magician return*

빠져나갈 수 없는 환생의 굴레.
그는 내게 마지막 기회를 주었다.

"이 세계의 정점이 된다면…
네가 살던 곳으로 돌려보내 주겠다."

대륙 최고를 향한 끝없는 투쟁!
100번째 삶.

**더 이상의 실수는 없다.**

Book Publishing CHUNGEORAM

유행이 아닌 자유추구 -
WWW.chungeoram.com

# 현대 소환술사

## THE MODERN SUMMONER

FUSION FANTASTIC STORY

### 현윤 퓨전 판타지 소설

하늘이 무너져도 솟아날 구멍은 있다!

드래곤의 실험으로 모진 고난을 겪어야 했던 레비로스!
우여곡절 끝에 소환술사가 되어 최강의 자리에 오르지만
운명은 그를 나락으로 떨어뜨린다.

## 『현대 소환술사』

### 다시 한 번 주어진 삶!
### 그러나 그마저도 암울하기 그지없는데…….

## 소환술사 레비로스의
## 인생 역전이 시작된다!

Book Publishing CHUNGEORAM

유행이 아닌 자유추구 -
WWW.chungeoram.com

만상조 新무협 판타지 소설

FANTASTIC ORIENTAL HEROES

광풍제월

천하제일이란 이름은 불변(不變)하지 않는다!

『광풍제월』

시천마(始天魔) 혁무원(赫撫源)에 의한 천마일통(天魔一統)!
그의 무시무시한 무공 앞에 구대문파는 멸문했고,
무림은 일통되었다.

"그는 너무나도 강했지.
그래서 우리는 패배했고, 이곳에 갇혔다."

천하제일이란 그림자에 가려져 있던 수많은 이인자들.

"만약……"
"이인자들의 무공을 한데로 모은다면 어떨까?"
"시천마, 그놈을 엿 먹일 수도 있을 거야."

이들의 뜻을 이어받은 소년, 소하.
그의 무림 진출기가 시작된다.

Book Publishing CHUNGEORAM

 유행이 아닌 자유추구 -
WWW.chungeoram.com

FUSION FANTASTIC STORY

말리브해적 장편소설

MLB
메이저리그

유료독자 누적 1200만!

행복해지고 싶은 이들을 위한 동화 같은 소설.

『MLB-메이저리그』

100마일의 강속구를 던지는
메이저리그의 전설적인 괴짜 투수 강삼열.
그가 펼치는 뜨거운 도전과 아름다운 이야기!
승리를 위해 외치는 소리-

"파워업!"

그라운드에 파워업이 울려 퍼질 때,

전설이 시작된다!

Book Publishing CHUNGEORAM

운행이 아닌 자유추구 -
WWW.chungeoram.com

이경영 판타지 장편소설

FANTASY FRONTIER SPIRIT

# 그라니트

## 용들의 땅

GRANITE

사고로 위장된 사건에 의해 동료를 모두 잃고 서로를 만나게 된 '치프'와 '데스디아'.
사건의 이면에 상식을 벗어난 음모가 있음을 알게 된 둘은
동료들의 죽음을 가슴에 새긴 채 각자의 고향으로 돌아간다.
2년 후, 뜻하지 않게 다시 만난 두 사람은 동료들의 복수를 위해
개척용역회사 '그라니트 용역'을 설립해 다시금 그 땅을 찾게 되는데⋯⋯

용들이 지배하는 땅 그라니트!
그곳에서 펼쳐지는 고대로부터 이어지는 운명적 만남,
깊어지는 오해, 그리고 채워지는 상처.

『가즈 나이트』시리즈 이경영 작가의 미래형 판타지 신작!

Book Publishing CHUNGEORAM

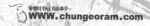

유행이 아닌 자유추구 -
WWW. chungeoram.com

FUSION FANTASTIC STORY

인기영 장편소설

# 리턴 레이드 헌터

## Return Raid Hunter

하늘에 출현한 거대한 여인의 형상……
그것은 멸망의 전조였다.

## 『리턴 레이드 헌터』

창공을 메운 초거대 외계인들과
세상의 초인들이 격돌하는 그 순간.

인류의 패배와 함께 11년 전으로 회귀한 전율!

과연 그는, 세계의 멸망을 막을 수 있을 것인가.

### 세계 멸망을 향한 카운트다운 속에서 피어나는
### 그의 전율스러운 이야기!

Book Publishing CHUNGEORAM

유행이 아닌 자유추구
WWW. chungeoram.com